고슴도치의 소원

고슴도치의 소원

톤 텔레헨 소설 I 유동익 옮김 I 김소라 그림

arte

1

가을이 저물어 가는 어느 날, 고슴도치가 창가에 앉아 밖을 내다보고 있었다.

그는 혼자였고 아무도 찾아오지 않았다. 누군가 그의 집을 지나가다, '아, 여기 고슴도치가 살지 않나?' 생각하면서 문을 두드리더라도 고슴도치는 잠을 자고 있거나 문을 열까 말까 너무 오래 망설이는 바람에 그 누군가는 다시 가던 길을 가 버렸다.

고슴도치는 유리창에 코를 누른 채 눈을 감고 아는 동물들을 모두 떠올려 보았다. 누군가의 생일도 아니고 별다른 이유도 없이 그냥 서로의 집을 찾아가는 이들이었다. 그들을 한번 초대해 보면…… 고슴도치는 생각했다.

고슴도치는 이제껏 그 누구도 초대해 본 적이 없었다.

그는 눈을 뜨고 뒷통수에 솟은 가시 사이를 긁적이고는 한참을 생각하다가 편지를 썼다.

보고 싶은 동물들에게
모두 우리 집에 초대하고 싶어.

고슴도치는 펜을 물고 뒷머리를 다시 긁적이고는 그 아래 이어 적었다.

하지만 아무도 안 와도 괜찮아.

고슴도치는 이마를 찡그렸다.
동물들이 이 편지를 읽고선 '고슴도치는 누가 자기 집에 오는 걸 절대 바라지 않을 텐데……'라고 생각하진 않을까? 아니면 '빨리, 당장 가 보자. 시간이 지나면 마음이 바뀔지도 몰라…… 고슴도치는 항상 뭔가 다른 걸 원하잖아……'라고 생각하진 않을까?
'모르겠다.'
고슴도치는 편지를 찬장 서랍에 넣어 버리고 고개를 저었다. '편지는 안 보낼 거야.' 지금은 아니야.

2

　지금은 아니야. 고슴도치는 다시 창가에 앉아 이 두 단어를 곰곰이 생각했다. 지금은 그리고 아니야.

　이 두 단어가 머릿속에서 춤을 추는 것 같았다. 지금은 가끔 주위를 두리번거렸다. 아니야는 자로 잰 듯이 원을 그리며 돌고 있었다.

　고슴도치는 눈을 감았다. 눈을 감으면 더 잘 보일 것 같았다. 아니야가 지금을 껴안고 춤을 추었다. 그들은 서로에게만 관심이 있는 것 같았다.

　그런데 갑자기 문이 열리고 누군가 안으로 들어왔다. 잠깐인 것 같았다. 잠깐의 외투가 뒤로 펄럭거려서 알아볼 수 있었다.

　잠깐은 지금과 아니야의 사이를 비집고 들어가 같이 춤을 췄다.

　　　　　　　　　　　　　고슴도치의 소원

고슴도치는 한숨을 쉬었다. 그때 또 다른 무언가가 갑자기 집 안으로 들어온 것 같았다. 보이지 않는 무언가, 존재하면서도 존재하지 않는 무언가.

그럴 리 없어. 그럴 리 없어. 아무것도 안 보이잖아.

한참이 지나고 잠깐은 나갔다. 그다음에 쭉이 솜털을 넣은 두터운 겨울 외투를 입고 모자를 쓴 채 지금과 아니야 사이에 다시 끼어들었다.

고슴도치는 가슴이 쿵쿵 뛰었다. 그들은 춤을 추며 고슴도치에게 다가와서는 그의 머릿속을 통과했다. 그들은 고슴도치가 함께 춤을 추길 바라는 것 같았고 게다가 다른 것도 뭔가 원하는 것 같았다. 하지만 고슴도치는 그게 뭔지 알 수 없었다.

그들은 탁자 위로 뛰어오르더니 점점 더 빨리, 그리고 점점 더 격렬하게 춤을 췄다. 고슴도치는 더 이상 바라볼 수가 없었다.

눈을 감고 생각에 잠겨 있다가 다시 눈을 뜨려는 순간, 쭉이 사라졌다.

지금과 이니야는 탁자에서 내려와 어쩔 줄을 모르며 서 있었다. 그러곤 서로를 바라보았다. 계속 출까? 지금이 눈썹을 추어올렸다. 그는 정말로 계속 춤을 추고 싶었다. 하지만 아니야는 고개를 저었다.

요란한 소리가 들리고 문이 다시 열리더니 어쨌과 든이 들어왔다. 그들은 흥분해서는 시끌벅적하게 뛰어다니며 소리를 질러 댔다. 둘 다 머리엔 이상한 빨간 깃발을 달고 있었다.

어쨌과 든이 지금과 아니야를 껴안는 순간 시끌벅적한 소음이 멈췄다. 그리고 어쨌과 든, 지금과 아니야 넷이서 조용히 춤을 추기 시작했다.

고슴도치의 방이 어두워졌다.

어쨌든 지금은 아니야. 어쨌든 지금은 아니야. 어쨌든 지금은 아니야.

춤추는 단어들은 어둠 속에서 빛이 나는 것 같았다.

고슴도치는 단어들이 계속 춤을 추면서 환하게 빛나면 좋겠다고 생각했다.

함께 껴안고 춤을 추는 그들이 없으면 이곳은 다시 깜깜해질 테니까.

3

장난이었어. 고슴도치는 다시 눈을 떴다.

장난은 그만두자. 누군가를 초대하고 집으로 찾아가는 건 장난으로 할 일이 아니야.

고슴도치는 침대로 가서 누웠다. 찬장 서랍에 넣어 둔 편지가 떠올랐다.

아마 다들 못 온다고 할 거야. 못 올 이유도 분명히 있을 거야.

편지 수십 통이 문틈으로 날아 들어왔다. 편지를 집어서 하나씩 읽어 봤다.

생크림이 분수처럼 솟아나고 달콤하게 설탕을 입힌 삼단 케이크가 있으면 좋겠어. 하지만 난 못 갈 것 같아.

지난번에 너네 집에 갔는데 문도 안 열어 줬잖아. 네가 급히 침대 속으로 기어 들어가는 거 창문으로 다 봤거든.

초대해 줘서 고마워! 고슴도치네 집에 간다니! 정말 재밌겠다! 네 편지를 받고 뛸 듯이 기뻤어. 고슴도치네 집에 간다니…… 그런데 난 못 가.

못 갈 것 같아. 이유는 모르겠지만.

너네 집엔 못 가지만 진심으로 고맙다는 건 알아줘.

고슴도치는 한숨을 쉬었다. 당연히 아무도 안 올 거야.
편지를 침대 옆에 내려놓고 등을 대고 누웠다. 안심이 되기도 했지만 한편으론 슬펐다. 외로움은 나에게 속한 거야, 내 가시처럼.
가시 대신 날개가 있었다면 이렇게 외롭진 않았을 거야. 어디든지 날아다니면서 다른 건 바라지도 않았을 거야.
고슴도치는 자고 싶었다. 그러나 잠들 수가 없었다. 어쩌면 모두 다 올지 몰라. 그는 부르르 몸을 떨고 일어나 차를 끓였다. 자기 자신을 위한 차 두 잔을.

4

고슴도치는 차를 다 마신 다음 서랍에서 편지를 꺼내 다시 읽어 보았다.

내일 모두 올 거야. 모두 다 같이. 내일 아침 일찍.

한기를 느끼며 편지를 내려놓았다. 다들 도착하는 소리가 벌써 들리는 것만 같았다. 숲도 흥분해서 같이 몸을 떠는 것 같았다.

모두 다 고슴도치네 집 문을 열고 들어와 외쳤다. "고슴도치야! 우리 왔어! 널 보러 왔다고! 초대해 줘서 고마워! 우리 모두 왔어! 모두 다 말이야!"

그들은 열린 문으로 물밀 듯 들어왔다. 대부분은 걸어 들어오고, 날거나 기어서 들어오기도 했다. 메기와 잉어, 고래와 상어는 자신들이 몰고 온 파도를 타고 헤엄치며 들어왔다.

"분위기 좋다, 고슴도치야!" 모두 함께 계속 외쳤다. "혹시 마실 차가 있을까? 케이크는?"

차를 끓이기에는 너무 많은 동물이 모였다. 집에는 아주 오래된 케이크만 하나 있을 뿐이었다. 고슴도치는 망연자실했다.

"괜찮아!" 모두가 다시 외쳤다. "춤을 추면 되지." 그들은 서로서로 어깨동무를 하면서 노래를 불렀다. "우리는 손님, 고슴도치의 손님. 우리 모두 다 모였어. 하지만 차는 필요 없어." 그러고는 탁자를 돌면서 춤을 췄다.

"그런데 너희는 내가 무섭지 않니?" 고슴도치는 가능한 한 곧게 가시를 세우며 물었다.

"아니, 지금 너무 즐거워서 아무것도 안 무서워."

그들이 춤을 추자 금세 마룻바닥이 내려앉아 버렸다. 뚫린 마루 구멍에서 두더지와 지렁이가 기어 올라오더니 자기들도 왔다고 외쳤다. 몇 년을 보관해도 괜찮은 진흙 케이크도 가져왔다고 했다. 물론 그 자리에서 다 먹어도 괜찮다고 했다.

"이런 일을 누가 기대나 했니?" 라고 외치는 소리가 들렸다.

나는 아니야. 고슴도치는 생각했다. 그는 밖으로 나가 집 뒤 덤불 속으로 기어 들어갔다.

잠시 후 동물들이 춤을 멈추었다. 고슴도치가 보이지 않는다는 사실을 눈치 챈 것이다.

"고슴도치야, 고슴도치야!"

그들이 외치는 소리는 멀리 숲까지 울려 퍼졌고, 사막의 낙타와 흰개미까지 달려왔다. 자기들만 따로 남아 있고 싶진 않았던 것이다.

"고슴도치야, 고슴도치야, 고슴도치야……." 모두 계속 외쳐 댔다.

그러나 고슴도치는 덤불 속으로 더욱더 깊이 기어 들어갔다.

그는 고개를 저었다. 그러고는 모두를 하나로 바꾸고, 거기에 단 이라는 단어를 덧붙인 다음 편지를 다시 읽어 보았다.

5

아니야. 고슴도치는 불현듯 이런 생각이 떠올랐다. 언제라도 모두 함께 올 수 있어.

고슴도치는 펜을 깨물었다. 그리고 한참을 생각했다. 편지를 보내지 않으면 어쨌든 아무도 안 올 거야. 그건 분명해. 초대도 안 받았는데 무작정 오지는 않잖아.

고슴도치의 이마에 깊은 주름이 패었다. 동물들은 분명 나를 두려워해, 내게 그 사실을 말할 용기가 없을 뿐이지. 내 가시가 무서운 서야. 그러니 나랑 마주쳐도 절대 우리 집에 와도 되는지는 안 묻잖아.

"나는 아무네 집이든 다 가. 하지만 고슴도치네는 아니야."

"나도 마찬가지야."

"그의 가시는……."

"그래, 그 끔찍한 가시……."

"왜 고슴도치한테 가시가 있는지 아니?"

"몰라."

"우리를 겁 주려는 거야."

"그래?"

"응."

고슴도치는 편지를 다시 찬장 서랍에 넣었다.

그들이 옳아. 내가 무서운 거야. 고슴도치는 몸을 떨었다. 가시가 이리저리 흔들렸다.

마치 누군가가 고슴도치의 몸 안에서 뛰어다니며 밖으로 나가려고 뭐든 잡히는 대로 흔들어 대는 것 같았다. 하지만 나는 그들에게 겁을 주지 않는걸!

고슴도치는 밖으로 나가 까치발로 서서 이렇게 외치고 싶었다.

"얘들아! 나야! 고슴도치! 나는 나쁜 동물이 아니야! 무서워하지 않아도 돼!"

그러면 그들은 이렇게 답장을 보낼지도 몰라. "고슴도치야! 네 말이 맞아! 너는 누구한테도 겁을 주지 않아! 그러려고 해도 안 될걸! 너는 내가 아는 동물들 중에서 제일 친절해. 네가 초대만 해 주면 우리 다 같이 갈게. 네 가시는 중요하지 않아……."

고슴도치는 이마의 가시 사이로 더 깊이 주름이 패는 것을 느꼈다. 그러곤 편지 아래에 이렇게 덧붙였다.

나의 가시는 중요하지 않아.

고슴도치는 펜을 깨물며 오래 생각했다. 그리고 편지를 다시 찬장 서랍에 넣었다.

내 가시는 중요해. 아주아주 중요해.

그는 고개를 끄덕였다. 아주 많이, 아주 오래도록 끄덕였다.

6

잠시 후 고슴도치는, 여기저기에서 동물들이 서로서로 집을 찾아
가고 있을지도 모른다는 생각이 들었다. 그러곤 서로에게 이렇게 물
을 것만 같았다.

"혹시 말이야, 너 조만간 우연히라도 고슴도치네 집에 갈 거니?"

"아니, 너는?"

"나도 안 갈 거야. 고슴도치가 초대 안 했어."

"나도 초대 못 받았어."

"아쉽다, 그렇지?"

"응, 정말 아쉬워."

"초대해 주면 난 갈 텐데."

"나도."

고슴도치의 소원

"자기 스스로 깨달아야겠지."

"그래, 고슴도치가 초대 안 하면, 우리도 초대 안 할 거야."

"응, 우리도 초대 안 해."

동물들은 어깨를 으쓱하겠지. 현재, 지금 이 순간. 숲속 모든 곳에서, 바다에서 그리고 들판에서, 구름 뒤에서 모두가 서로를 찾아갈 거야. 나만 빼고. 같이 춤을 추고, 그러다가 내 얘기를 할 거야. 그러곤 모두 어깨를 으쓱하겠지.

고슴도치는 무척 슬펐다. 그래서 밖으로 나가 어디선가 파티 소리가 들리는지 귀를 기울였다.

그렇지만 숲속은 고요했다. 아주 멀리서 코끼리가 나무에서 떨어지는 소리가 들렸고 조금 가까이에서 개구리가 고슴도치는 낼 수 없는 어떤 화음을 시도하는 소리가 들릴 뿐이었다. 어디에서도 동물들이 서로를 초대해 파티를 연 낌새는 없었다.

고슴도치는 순간 생각했다. 파티는 벌써 끝난 거야. 그리고 내일부터는 그 어떤 파티도 열리지 않는 거야.

고슴도치는 상상해 보았다.

오늘부터 방문 금지

그리고

오늘부터 초대 금지

이렇게 적힌 커다란 푯말을.

아마 이젠 아무도 다른 동물을 찾아가지 않고 그저 편지만 쓸
거야. 그렇지만 편지도 점점 줄고 내용도 점점 짧아지겠지.

> 안녕, 고슴도치야.
> 더 쓸 말이 없네.

그리고

> 안녕, 파리야.
> 나는⋯⋯.

그리고 더는 아무 말도 없을 거야.

그렇게 되면 고슴도치도 아무도 초대하지 않아도 될 것이다.

고슴도치는 귀를 쫑긋 세웠다. 멀리 사방에서 동물들이 한숨을

쉬는 소리가 들려오는 것만 같았다. 그들은 매우 슬퍼하고 있었다. 그들은 서로를 방문하고 편지를 쓰는 걸 제일 좋아했던 것이다.

그래도 금지는 금지야.

어떻게 해야 할까? 고슴도치는 생각했다. 그는 서랍에서 편지를 꺼내 두 번 읽어 보고는 발가락을 쳐다보았다. 깊이 생각한 다음 편지를 제자리에 돌려놓았다.

7

고슴도치는 찬장 앞에 가만 서 있었다. 편지에 대해 생각하고는 고개를 저었다. 하지만 곧장 생각을 바꾸고는 고개를 끄덕이더니 다시 가로젓고, 또다시 끄덕였다.

이런 일은 하루에도 백 번씩 일어났다. 내 생각은 자꾸 바뀌기만 해, 원하는 건 아무것도 없어. 그럼 나는? 대체 무슨 생각인지, 아무 말도 할 수 없어.

고슴도치는 잠시 헛기침을 하고 반듯하게 앉았다. 그가 잘 알고, 초대를 받으면 분명히 올 만한 동물들을 생각해 보았다.

예를 들면 장수하늘소……. 그는 뒷통수를 긁적였다.

아니야. 고슴도치는 생각했다. 내가 잘못 안 거야. 절대 안 올 거야. 내 편지도 마지못해 읽을 거야. 이렇게 답장을 할지도 몰라.

고슴도치의 소원

고슴도치에게

나는 못 가.

내가 널 위해 뭔가 해 주길 원하겠지.

가시가 없는 피부도 원할 거야.

어쩌면 머리에 더듬이 두 개가 나기를 원할 거야.(누구나 머리
에 더듬이 두 개가 있기를 바라잖아.)

어쩌면 더 이상은 바스락거리지 않기를 원할 거야.

어쩌면 노래를 부를 수 있기를 원할지도 몰라.

어쩌면 이 모든 걸 원할 거야.

그냥 지금 네 모습 그대로 있는 건 어때?

외롭고, 아무것도 확신 못하고, 조금은 불안한 대로.

그렇더라도 조금은 행복하지?

너를 찾아오는 동물을 상상해 보는 건 어때?

그들과 이야기를 해 봐. 춤도 춰 보고.

네가 친절하다고 느끼게 해 주는 건 어때?

생각했던 것.보.다 훨씬 친절하구나. 하고 말하도록 말이야.

장수하늘소가

고슴도치는 고개를 끄덕이고 답장을 썼다.

장수하늘소에게

편지 고마워.

네 말이 맞아. 전부 내가 원하는 거야.

누군가 집에 찾아오는 걸 상상해 볼게.

그리고 지금 내 모습 그대로 있을게.

고슴도치가

그는 열 번을 다시 쓰고 결국은 흔적도 남지 않게 지웠다.

중요하지 않아. 어차피 장수하늘소는 안 올 거야. 오지 않을 게 확실하고도 유일한 동물이지.

그러나 고슴도치는 장수하늘소가 자신을 찾아와 줄 유일한 동물이길 원했다. 그에게 아무것도 묻지 않고, 함께 차를 마시고, 아무 말도 하지 않고, 서로 고개만 끄덕이고, 그런 다음 그가 집으로 돌아가길 원했다.

고슴도치는 창가로 걸어갔다. 그리고 밖을 바라보았다. 머릿속에서는 모든 곳에서 모든 동물들이 그에게 오고 있었다. 그들은 외쳤다. "고슴도치야! 고슴도치야! 우리 왔어! 초대해 줘서 고마워!"

"난 여기 없어!" 고슴도치는 이렇게 외치고 싶었다. 하지만 대신 "좋아!"라고 외쳤다.

8

고슴도치는 식탁에 앉아 달팽이와 거북이를 생각했다. 내가 초대만 하면, 얼마든지 올 거야.

바로 앞에 그들이 보이는 듯했다.

"가 보자." 거북이가 말했다. 너무나 잘 닦아 놓은 등은 태양 아래 반짝거렸고 나무 꼭대기까지 햇빛을 반사할 정도였다.

하지만 달팽이는 고개를 저었다. "지금은 못 가."

"내일은 어때?"

"내일도 안 돼."

"그럼 언제 되는데?"

달팽이는 잠시 곰곰 생각했다. 머리에 난 더듬이들이 이리저리 약하게 움직였다. 그러곤 대답했다. "언제든 안 돼."

거북이는 땅바닥을 내려다보며 고개를 등껍데기 안으로 끌어당겼다.

"넌 당연히 갈 수 있겠지." 달팽이가 외쳤다. "넌 언제라도 갈 수 있어. 인정해!"

거북이는 등껍데기 아래로 완전히 얼굴을 숨겼다.

"그렇지!" 달팽이가 외쳤다. "가지 마! 날 혼자 내버려 두지 마. 친구!"

그는 발을 구르며 떼를 쓰고 싶은 걸 꾹 참았다. 대신 한 걸음 앞으로 나아가며 이렇게 말했다.

"이미 가고 있어."

거북이도 등껍데기 속에서 나와 마찬가지로 한 걸음 내디뎠다.

"그렇지만 전부 네 기분을 맞춰 주기 위해서야. 넌 네가 누군지 알기나 하니?"

"몰라."

"거북이가 아니야."

"뭐? 아니라고?"

"아니지. 넌 고집쟁이야. 어, 이게 누구야? 고집쟁이가 걸어오네. 넌 정말 고집을 잘 부리지! 정말 그래. 네 고집이 어느 정돈 줄 알아? 너는 초대란 건 절대 미루면 안 되는 줄 알지! 내일은 북극곰을 방문하고, 모레는 달에 사는 누군가를 방문하고. 늘 그런 식이야. 한 번 초대받으면 다음 초대도 받고. 그렇지만 그런 니 행동 때문에 다들 피해를 입는다는 걸 알아야 해. 몰아붙이고, 피곤하게 하고, 이리저리 끌고 다니고. 그게 바로 네가 하는 짓이야! 그렇지만 넌 전혀 모르지? 모를 거야. 너는 몰라. 네 머릿속에는 딱 하나만 있으니까. 바로 너. 그렇지. 네가 어떤 놈인지는 아니?"

"아니."

"넌 진짜 제멋대로야, 제멋대로라고."

달팽이는 이야기하면서 한 걸음 내디뎠다. 그러곤 다시 멈추었다.

그는 탈진 상태였다. 고슴도치네 집까지는 상상을 초월할 정도로 멀었다. 그는 아무것도 하고 싶지 않았다. 투덜대기만 할 뿐, 아무것도 하고 싶지 않았다.

거북이는 계속 서 있었다. 드디어 찾아온, 아주 오랫동안, 껍데기 아래 아주 깊은 어둠 속에서 잠을 잘 수 있는 겨울을 생각하면서.

9

고슴도치는 일어나서 한참 동안 방을 이리저리 걷다가 침대에 누웠다.

당분간 누워 있을 생각이었다. 여기서 일어나면 또다시 생각을 할 거야. 그리고 생각을 하면 또다시 망설일 거고. 항상 그런 식이었어. 그는 한숨을 쉬었다. 내게는 가시보다 망설임이 더 많을 거야. 망설임은 보이지 않아서 다행이야. 아니지…… 보일지도 몰라. 나 말고 모두 다 볼 수 있을 거야. 고슴도치…… 망설임으로 가득한 그 동물 말하는 거야? 응, 그 녀석. 그 녀석 정말 많이 망설이지! 아마도 천 번은 망설일걸! 저기 봐, 망설임이 빛을 내고 있어! 고슴도치가 마치 태양이 된 것 같아!

고슴도치는 눈을 감았다. 나는 언제나 망설여. 그리고 가끔 우울

해해. 그렇지만 한 번도 어려움에 빠진 채 가만히 있지는 않았어. 그렇게 있을 수는 없지.

고슴도치는 어찌할 바를 모르는 상황이 오면 자기 안에서 뭔가가 "잠깐!"이라고 외친다는 걸 알고 있었다. 마치 절대 부딪혀서는 안 될 뭔가에 부딪히는 것 같았다.

고슴도치는 두꺼비를 생각했다. 두꺼비는 점점 화를 내기 시작할 때 그 안에서 뭔가가 "잠깐!"이라고 하는 목소리를 들은 게 분명했다.

이른 아침이었다. 문을 두드리는 소리가 들렸다.

"네." 고슴도치는 대답했다.

두꺼비가 들어왔다.

"안녕, 고슴도치야."

"안녕, 두꺼비야."

"지나가다 한번 와 봤어."

"그래."

두꺼비는 주위를 둘러보았다.

그들은 차를 마시고 오랫동안 말없이 마주 보고 앉아 있었다. 차를 다 마시면 돌아가겠지. 고슴도치는 생각했다. 예상하지 못한 방문이었지만 이젠 아무도 안 오겠지.

그러나 두꺼비는 목청을 가다듬더니 말을 꺼냈다.

"화를 내고 싶어졌어."

"왜?"

"누군가를 방문하면 항상 그러고 싶어져. 화를 내면 기분이 좋아져…… 케이크가 없어도 말이야."

고슴도치는 아무 말도 하지 않았다. 그는 한 번도 화를 낸 적이 없었다.

"부글부글 끓어오르고 싶어." 두꺼비가 계속 말을 이었다. "너무 화가 난 나머지 부풀어 올라서는 폭발해 버리고 싶어." 두꺼비는 고슴도치를 바라보았다.

"네가 꼭 나를 화나게 해 줬으면 좋겠어."

"그럴 수 없어." 고슴도치가 조심스럽게 대답했다.

"너는 할 수 있어!" 두꺼비가 소리를 지르며 펄쩍 뛰었다.

"내가 왔잖아? 그럼 나는 네 손님이잖아? 난 지금 화를 내고 싶다고! 나를 어떻게 생각하는지 말해 봐! 지독한 놈이라고! 바보 같다고! 못생겼다고! 오지 말았어야 했다고! 내가 없었으면 좋겠다고! 너의 겨울을 모두 망쳤다고! 내가 말이야!"

두꺼비는 주먹을 쥐고 흔들었다.

"하지만 나는 전혀 그렇게 생각 안 하는걸."

"그렇게 생각하란 말이야!" 두꺼비가 비명을 지르듯이 말했다.
"넌 그렇게 생각해야만 한다고!" 두꺼비의 몸이 엄청나게 부풀어
오르더니 진한 녹색으로 변해 버렸다. 그의 몸은 서서히 고슴도치의
방 전체를 채우기 시작했다.

"어서!" 그가 괴성을 질렀다. "어서 그렇게 생각해!"

"난 네가 지독하다고 생각해……." 고슴도치는 속삭이듯 말하고
는 눈을 감아 버렸다.

"뭐라고?" 두꺼비가 비명을 질렀다. "뭐라고 했어? 내가 지독한
놈이라고?"

하지만 두꺼비는 더 부풀어 오르지도 않고 더 어두운 녹색으로
변하지도 않았으며 분노로 폭발하지도 않았다. 반대로 그의 눈엔
인자한 빛이 보였다.

고슴도치는 옆으로 돌아누웠다. 좀 더 그냥 가만히 누워 있고 싶
은데, 깊이 생각하고 싶지 않은데…… 마음대로 되지 않네.

고슴도치의 소원

10

손님들이 오면 집을 고쳐야 할 거야.

고슴도치는 침대에 누운 채 잠시 두꺼비는 잊어버렸다.

손님들이 따로따로 오지 않고 모두 한꺼번에 올 경우를 대비해 방 하나를 정리해야 했다. 그들 모두 자기만 초대를 받았을 거라 생각할 수도 있기 때문이다. 손님들이 모두 한꺼번에 이 집 안에서 돌아다니거나 앉아 있을지도 모른다.

메기나 잉어나 가시고기처럼 물을 몰고 찾아올 동물을 위해서는 한쪽 구석에 연못 을 만들고 싶었다.

그리고 응접실 뒤에는 자기만을 위한 방을 만들 계획이었다. 손님은 못 들어오게 하고, 문에는 이런 푯말을 걸 생각이었다.

주인 전용 방.

노크 금지. 출입 금지.

—고슴도치

고슴도치는 그 방에 들어가 있으면 될 것이다.

벽에 작은 구멍을 뚫고 그 구멍으로 손님들을 내다볼 수도 있을 것이다.

동물들은 모두 응접실에 서서 서로에게 물을 것이다. "고슴도치는 대체 어디 있지? 우리가 왔는데? 여기 안 살아?"

"아, 나도 모르겠다."

그러면 고슴도치는 외칠 것이다. "지금 나갈게!" 하지만 정말로 나가지는 않을 것이다. 그리고 누군가 문을 두드리면 "기다려!"라고 큰 소리로 말할 것이다.

하루가 저물 쯤이면 손님들은 그를 만나지 못한 채 돌아갈 테고 고슴도치는 혼자서 커다란 응접실을 이리저리 거닐 것이다.

고슴도치는 사실 혼자 어슬렁거리는 것을 제일 좋아했다. 누군가 찾아오거나 그가 찾아가는 건 아주 드문 일이었다. 언젠가 개미가 그에게 간주곡이라고 했다. 어쩌면 이 말도 편지에 적었어야 했는지 모른다.

고슴도치의 소원

너희는 내 인생의 간주곡이란다.

그러나 그들은 아마 간주곡이 뭔지 모를 것이다. 그냥 소음이라고 생각하고는 나팔과 엄청나게 큰 북을 가져올 것이다. 그리고 근처에 오기도 전에 커다란 소리를 낼 것이다.

고슴도치는 그 말은 쓰지 않기로 했다. 다시 생각한 후엔 집도 고치지 않기로 했다.

가시든 뭐든 전부 그대로, 지금 내 모습 그대로 날 받아들여야 해. 고슴도치는 생각했다.

11

고슴도치는 이불을 뒤집어썼다. 자려고 애를 써 봤지만 잠들 수가 없었다.

갑자기 코뿔소가 떠올랐다.

코뿔소가 그의 집 앞에 서서 문을 두드렸다. 코뿔소……. 고슴도치는 한숨을 깊이 쉬었다.

하지만 곧바로 자신을 꾸짖었다. 코뿔소는 날 찾아온 거야, 내가 초대했어.

"어서 와."

"안녕, 고슴도치야." 코뿔소가 인사하고 안으로 들어왔다.

"안녕, 코뿔소야." 고슴도치도 인사했다. 그는 코뿔소가 온 것을 매우 기뻐하며 앉을 곳을 안내해 주고 싶었다. 잠시 기다려야 한다고 말하고 싶었다. 차를 내오겠다고도 말하고 싶었다. 차를 마신 후에는 당연히 다시 일어나서 가기를 바랐다. 그날 코뿔소에겐 분명히 다른 할 일이 많을 테니까. 그러나 코뿔소는 탁자 곁으로 오더니 고슴도치를 껴안았다.

"놀랐잖아, 고슴도치야, 초대 말이야! 오래전부터 한번 오고 싶었어……. 하지만 싫어할 거라고 생각했어…… 나는 늘 다른 동물들을 가로막고 그들 사이에 끼어들고 방해가 되거든…… 그런데 그게 즐겁기도 해……. 우리 춤출래?"

그러곤 대답도 기다리지 않고, 고슴도치를 들어 올려 원을 그리며 빙글 돌았다. 코뿔소는 한 번도 대답을 기다려 본 적이 없었다.

고슴도치는 아무 말도 하지 않고 코뿔소가 자신을 방으로, 밖으로 그리고 집 주위로 끌고 다니도록 내버려 두었다.

고슴도치는 몇 번 공중에 던져졌지만 코뿔소의 뿔을 가까스로 붙잡을 수 있었다.

코뿔소는 춤을 추며 노래를 불렀고 둘은 계속해서 "아야!" 하고 외쳤다. 고슴도치는 자꾸만 가시로 코뿔소의 배를 찔렀고 코뿔소는 고슴도치의 발가락을 밟았기 때문이다.

마침내 그들은 서로 다리가 얽혀 넘어졌고, 그대로 오랫동안 바닥에 누워 있었다.

고슴도치의 소원

"이것 참 재밌네……." 코뿔소가 중얼거렸다. "난 춤이 정말 좋아!" 그는 일어나려고 애쓰면서 배에서 가시를 뽑아 냈다.

고슴도치는 계속 누워 있었다. 그의 몸에 남은 가시들은 꺾이고 구부러져 있었다. 이런 건 힘들어, 두꺼운 신발을 신었어야 해, 춤은 못 춘다고 말했어야 해, 집에 있는 차를 전부 내왔어야 해, 차는 많으니까.

"자, 이제, 그만 가 볼게." 코뿔소가 말했다.

"응, 그래." 고슴도치가 속삭이듯 대답했다.

"나중에 또 초대해 줘. 그럼 그때 또 춤을 추자. 아직 못 보여 준 아주 특별한 스텝이 몇 개 있어."

12

이제 일어나자. 고슴도치는 침대에 걸터앉았다.

거기 앉아 있으니, 이유는 알 수 없지만 곰이 떠올랐다. 곰은 느닷없이 집 안으로 들어왔다.

"초대 말이야, 그것 때문에 왔어." 곰은 재빨리 주위를 둘러보았다.

"안녕, 곰아."

"나를 위해 차를 끓이겠네. 난 차를 좋아해. 그런데 같이 먹을 만한 건 있니?"

"응."

"뭔데?"

"찬장을 잠깐 봐야 돼. 네가 갑자기 와서……."

"내가 볼게."

그는 찬장을 열고 제일 높은 선반에 있는 라임 꿀 병을 발견했다.

"차를 끓이는 동안 이거 내가 다 먹어도 돼?" 그는 병을 열고 혀를 집어넣었다.

"괜찮아." 고슴도치는 차를 끓였다.

"또 뭐 없어?" 곰이 꿀을 몽땅 다 먹고는 물었다.

"잠깐 기다려……."

"왜? 집에 뭐가 있는지 모르는 거야? 찾는 거 도와줄까?"

그는 찬장 선반을 모조리 뒤져 보고 계속해서 다른 찬장도 들여다보았다. 하지만 아무것도 못 찾았다.

잠시 후 고슴도치가 찻잔 두 개를 탁자에 내려놓을 때 곰은 침대에 누워 이불을 만지작거리고 있었다.

"여긴 아무것도 없네."

"응." 침대엔 아무것도 두지 않는 고슴도치가 대답했다.

곰은 방을 구석구석 살펴보고 혹시 숨겨진 찬장은 없는지 벽을 두드려 보았다.

"진짜 아무것도 없네." 마침내 그가 말했다.

"응. 이제 여긴 아무것도 없어. 있는 거라곤……."

고슴도치는 입을 다물었다. 곰이 꿀 병이나 꿀 케이크 혹은 예상 못한 방문을 위해 준비해 놓은, 그가 아직 맛보지 못한 아주 특별하고 맛있는 뭔가가 있을 거라 기대하며 탁자 위에 올라가 램프를 들여다보았기 때문이다.

"없네." 곰은 탁자에서 내려와 어깨를 으쓱했다. 그러곤 다시 한 번 주위를 둘러보았다. "다른 집에 가 봐야겠다." 그는 이렇게 중얼거리고 방을 나가 숲으로 달려갔다.

13

어쨌거나 케이크를 구워야겠어. 고슴도치는 생각했다. 나를 찾아올 모두를 위한 케이크.

그는 고개를 끄덕였다. 케이크를 구울 계획을 짜고 나서 초대장을 보내야겠다.

다들 어떤 케이크를 좋아할지 고민이었다. 모두를 고려해야 돼.

꿀 케이크는 꼭 있어야 돼. 진흙 케이크, 생크림 케이크, 도토리 찌꺼기 케이크, 산호초 케이크, 해수 거품 케이크, 비둘기집 케이크, 덩굴장미 케이크, 연꽃 케이크, 수련 케이크, 이끼 케이크 그리고 또 다른 케이크들도……

고슴도치는 계속해서 누군가가 특별히 좋아할 케이크들을 떠올려 보았다.

케이크는 계속 늘어났고 고슴도치는 공간을 마련하기 위해 탁자와 의자, 찬장, 침대까지 집 뒤로 옮겼다.

하지만 아직 고운 모래 케이크도 만들어야 했다. 담수와 해수를 고루 섞은 케이크도, 질경이 케이크도, 버드나무 뿌리 케이크도, 눈가루 케이크도…….

케이크가 온 방을 다 채우고 천장을 부수더니 곧장 지붕까지 뚫고 나갔다. 창문을 비집고 나가고 문도 열어 버렸다. 심지어 아직 부풀기도 전이었는데…….

고슴도치는 케이크를 딛고 서서 올려다보았다. 케이크가 집 옆에 우뚝 선 나무 끝까지 솟고 구름마저 뚫었을 때 누군가 찾아와서 케이크를 가리키며 물었다.

"이게 뭐야?"

"케이크."

"케이크라고?" 손님이 소리쳤다. "나는 케이크 싫어해. 다른 건 다 좋아해도 케이크만은 아니야!" 그러고는 화를 내면서 "너는 이런 걸 초대라고 하는 거니……." 하고 외치며 돌아서 가 버렸다.

그다음 손님은 이렇게 말했다. "나는 케이크 좋아해. 케이크보다 맛있는 건 없어. 하지만 진흙이 들어간 케이크는 아니야." 그리고 그다음 손님은 자기가 좋아하는 케이크를 수백 가지나 늘어놓았다.

그렇지만 담수와 해수로 만든 케이크는 말하지 않았다.

온종일 동물들이 찾아와서 케이크를 보며 무슨 케이크인지 물었다. 그러고는 곰곰 생각하다가 돌아가 버렸다. 가다가 반대편에서 오는 동물들을 만나면 이렇게 말했다.

"고슴도치네 집에 가는 거니?"

"응."

"가지 마! 가지 마! 고슴도치가 끔찍한 케이크를 구웠어."

"그래?"

"응. 그렇게 끔찍한 케이크는 본 적이 없을 거야."

그러자 다른 동물들 역시 돌아가 버렸다.

어쩌면 내가 좋아하는 케이크만 구워야 할지도 몰라. 다른 동물이 맛없다고 하거나 너무 작다고 하면 내가 다 먹어 치우지 뭐.

그는 심호흡을 하고 생각했다. 두고 보자고.

고슴도치는 고개를 끄덕였다. 우선 일어나자.

14

아무도 초대 안 해. 고슴도치는 일어나면서 생각했다.

그게 현명한 거야.

그는 자기 발을 내려다보며 계속 생각했다.

그러면 나는 더 외로워질까? 지금보다 더?

더 깊이, 바닥이 보이지 않는 곳으로, 나락까지 떨어지는 걸 상상했다. 몸이 빙글빙글 돌고 가시가 꼿꼿하게 솟았다.

외로움은 내가 그렇게 되길 원하는 걸까?

고슴도치는 외로움이 뭘 원하는지 알 수 없었다.

나한테 원하는 게 뭐야?

가끔 어둠 속에서 지독한 외로움이 느껴지면 그는 이렇게 묻곤했다. 그러면 어떤 목소리가 들리는 것 같기도 하고 목청을 가다듬는 것 같기도 했다. 하지만 여전히 대답은 없었다.

"나한테 좀 알려 줄 수 없어?" 고슴도치가 속삭이듯 물었다.

소리는 다시 들려왔다. 목청을 가다듬는 것 같았다.

외로움이 내는 소리야.

고슴도치는 침대 옆에 선 채, 외로움이 갑자기 사라지고 동물 모두가 집 안으로 밀려오는 상상을 했다. 누군가 하나라도 문을 열고 들어오고 외로움이 그 틈으로 빠져나가면 더 좋을 것 같았다.

지나치게 다정하고 친절한 누군가. 항상 너도밤나무꽃 꿀을 가져오는 누군가.

그러면 둘은 함께 차를 마실 것이다. 무슨 이야기든 나눌 수도 있을 것이다. 금방 잊어버릴 여행 계획을 세울 수도 있을 것이다.

둘은 함께 밖을 바라보다가 날이 어둑어둑해지는 광경도 함께 볼 것이다. 아주 오랫동안 말이 없다가 가끔 고개를 끄덕이고는 목청을 가다듬을 것이다.

그리고 외로움은 다시 돌아올 것이다.

"누구야?" 누군가가 물을 것이다.

"외로움."

"여기 살아?"

"글쎄, 여기 사나……. 그냥 여기 있어. 오기도 하고, 가기도 하고."

고슴도치의 소원

"아."

차를 다 마시지도 않았고 뭔가 아주 중요한 이야기도 아직 하지 못했겠지만, 둘은 문득 외로움을 느낄 것이다.

"갑작스러운 이 느낌은 뭐지?" 누군가는 당황해서 물을 것이다.

"내 외로움." 고슴도치가 낮은 목소리로 대답할 것이다.

날이 어두워진다. 누군가는 조용히 떠날 것이다. 외로움은 머물 것이다.

15

고슴도치는 이마에 깊은 주름이 패는 것을 느꼈다.

하지만 난 정말 외롭지 않은데? 나에겐 내가 있잖아? 나 자신이랑 이야기 나눌 수도 있는데? 나 자신을 볼 수도 있잖아? 또 나는 언제나 존재하잖아?

그는 일어나서 거울로 걸어가 까치발로 서서 이리저리 가볍게 몸을 움직여 보았다.

"안녕, 나." 그가 조용히 말했다. "나는 너를 바라보고 있어. 너는 내 앞에서 숨을 수 없어. 안 될 거야. 그리고 넌 내 비밀을 알고 있지. 아니라고 하지 마. 네 얼굴에 쓰여 있으니까. 그리고 네 입……. 말해 봐! 나에 대해 뭘 알고 있지?"

고슴도치는 고개를 저었다. 정말 혼자서는 불가능하지. 비밀을 지

켜 줄 누군가가 없으니까.

고슴도치는 거울 속 자신을 심각하게 바라보았다. 나에게 한 방 먹여야겠어. "너한테 비밀이 있지, 친구! 그래, 너! 왜냐고? 나는 네가 무슨 생각을 하는지 알 수 없기 때문이야."라고 소리를 질렀다. 그리고 나가떨어지도록 따귀를 한 번 때려 줘야겠다고 생각했다. 가시가 없었으면 그렇게 했을 텐데. 세게 한 방 먹였겠지.

그는 한숨을 쉬었다. 나 자신…… 경멸스러웠다. 내가 존재하지 않았더라면…… 가능할까……? 거울을 봐도 아무것도 보이지 않는다면, 나는 정말로 혼자일까?

고슴도치는 몸을 떨며 침대 끝에 걸터앉았다. 그리고 얼음장처럼 차가워진 발을 담요로 덮었다.

나 자신……. 고슴도치는 생각했다. 나 자신. 그게 뭘까? 피곤했다. 배가 고팠다. 자고 싶었다. 그는 창문 밖을 내다보았다. 그에겐 가시가 있다. 편지를 써서 모두를 초대해야겠어.

고슴도치는 이마를 주먹으로 때렸다. 그는 여기 살고 있어. 여기, 이 안에! 나 자신, 그래, 너! 아야!

고슴도치는 몸을 구부리고 손에서 조심스럽게 가시를 뽑아냈다.

16

고슴도치는 다시 창가에 서서 밖을 내다보았다. 하늘은 어두웠고 참나무 가지에 매달려 있던 마지막 잎이 떨어져 아래로 흩날렸다.

다음 날 어떤 동물이 집에 찾아오는 걸 상상해 보았다.

아마 코끼리일지도 모른다.

"안녕, 고슴도치야."

"안녕, 코끼리야."

"나 왔어."

"잘 왔어."

코끼리는 자리에 앉고 고슴도치는 차를 끓였다.

"우리 무슨 이야기를 할까?" 코끼리가 물었다.

손님이 오면 대화를 나누어야 한다는 건 고슴도치도 알고 있었다. 하지만 무슨 이야기를 해야 할지는 알 수 없었다.

"모르겠어."

둘은 차를 한 모금 마셨다. 그리고 무슨 이야기를 할지 생각해보려고 했다. 하지만 잘되지 않았다.

코끼리는 주위를 둘러보았다. 창가에 의자가 하나 놓여 있었다.

"고슴도치야……."

"응."

"저 의자를 탁자 위에 올려도 괜찮을까?"

"괜찮아." 고슴도치는 손님에겐 뭐든 괜찮다고 해야 할 것 같아 대답했다.

코끼리는 의자를 탁자 위에 올렸다.

"탁자 위에 있는 의자에 올라가도 괜찮을까?"

"응."

코끼리는 탁자 위로 올라가고 다시 의자 위로 올라갔다.

"의자 팔걸이에 올라서도 괜찮을까?"

"응."

"한쪽 발로?"

코끼리는 한쪽 발로 의자 팔걸이 위에 올라섰다.

"이제 한 바퀴 돌면서 춤을 추면? 괜찮을까? 할 수 있거든. 자, 봐."

고슴도치의 소원

전혀 괜찮지 않았지만 괜찮다고 고슴도치가 대답하기도 전에 코끼리는 이미 절반을 돌았다. 그리고 의자와 함께 탁자 위로 떨어졌고 탁자가 부서지면서 바닥에 떨어졌다.

"아야." 코끼리는 뒤통수를 문지르며 부서진 탁자와 의자 조각을 옆으로 밀었다. 그는 슬픈 표정으로 고슴도치를 바라보았다.

아니야. 고슴도치는 생각했다. 코끼리는 내일 안 왔으면 좋겠어. 그는 생각이 바뀔까 봐 얼른 침대 밑으로 들어갔다.

17

여기 침대 밑에 누워 있을 때 누군가 찾아올지도 몰라. 고슴도치는 잠시 누워서 생각했다. 그럼 어떻게 하지? 크게 외쳐야 하나? "침대에 누워 있어. 잠깐만 기다려 줘!" 아니면 집에 없는 척할까?

고슴도치의 생각 속으로 기린이 들어왔다. 먼저 뿔이, 다음엔 목이, 그다음엔 나머지 몸 전체가 안으로 들어왔다.

기린은 주위를 둘러보았다. '고슴도치가 집에 없네.' 하고 생각할 것이다. 기린은 찬장 아래로, 다음엔 탁자 아래로, 그다음엔 침대 아래로 머리를 넣어 확인했다.

"여기 있구나!" 기린이 외쳤다. "재밌다! 침대 밑에 있다니! 날 놀래 줄 줄 알았어! 여기 오면서 생각했지. '맞아, 고슴도치에게 가면 무슨 일이 기다릴지 몰라……' 여기 오래 누워 있었니? 나도 누가 올 때 침대 밑에 누워 있어 봐야겠다. 그래도 현관에 진심으로 환영합니다. 침대 밑을 찾아보세요라는 팻말을 붙여 둘 거야. 안 그러면 손님은 그냥 가 버리고 거기 누워 있어 봤자 아무 소용없을 테니까. 그리고 침대 밑에서 파티를 열어야겠어. 그래, 그럴 거야. 모두 다 초대해야지. 내 침대는 크거든. 모두 다 그 밑에 누울 수 있을 정도야. 코끼리, 곰, 귀뚜라미, 코뿔소, 백조 모두 다. 다들 답답해하면 이렇게 외쳐야지. '이게 바로 내가 노렸던 거야! 답답한 파티!' 다들 뭘 마시거나 먹고 싶어도 침대 밑이 꽉 차서 못 나가면 이렇게 외쳐야지. '이런 게 바로 파티야! 파티란 이런 거라고!' 친구들은 내 파티에 대해 오랫동안 이야기할 거야. 너 기억 나? 뭘? 그 진짜 파티, 기린네 침대 밑에……. 물론 기억 나지. 다른 파티는 전부 다 잊어버려도, 그 파티는 못 잊어."

기린은 많은 이야기를 했다. 그는 침대 밑에 자기 머리를 밀어넣은 걸 재밌게 여겼다.

고슴도치는 아무 말도 하지 않고 벽과 기린 목덜미 사이에 꽉 끼인 채 누워 있었다.

이번엔 기린이 지금은 어쩔 수 없이 납작해진 자기 뿔에 대해 이야기하기 시작했다.

"뿔이 있는 동물에겐 좀 좁다. 뿔이 투덜대는 소리가 들리는 것 같아. 내가 나갈게. 너희, 내 말 들었어? 그렇게 계속 투덜거려 봐."

한 번쯤 납작해지는 게 사실은 뿔에겐 매우 좋은 일이라고 기린은 말했다. 가끔 한 번씩 어려움을 겪어 봐야 돼. 뿔은 내 머리 위에서 언제나 왕처럼 멋지게 군림하거든. 아주 편한 삶이지. 아무것도 안 하는데도 많은 경험을 할 수 있어.

"나는 뿔이 되고 싶었어. 그들이 내가 되고 나는 그들 머리에 있는 거야. 동물들은 이상하게 올려다볼 거야. 그래, 너희 말이야. 지금 너희들 이야기를 하고 있어." 흥분한 뿔들이 머리 위에서 이리저리 흔들리는데 기린은 고슴도치를 보려고 애쓰면서 이야기를 계속해 나갔다. "너도 한 번쯤 가시가 돼 보고 싶지 않니? 가시가 돼서 네 등에 솟아 있고 싶지 않아? 아니면 동시에 둘 다가 돼 보면?"

"모르겠어." 고슴도치는 기린이 얼마나 더 있을지 알 수 없었다.

그다음에 기린은 고래네 집에 갔던 이야기를 하고 싶어 했다. 기린은 보트를 타고 고래를 찾아갔다. 고래는 등으로 분수를 뿜으며 기린을 맞았다. 그는 기린을 이상하게 바라보았다. "재미있었어, 비가 오는 줄 알았네." 그들은 몇 시간 동안 고래 수염과 기린 뿔의 차이점과 공통점에 대해 이야기했다. 상어와 날치도 찾아왔다고 했다.

"이제 가도 돼." 고슴도치는 고래를 찾아간 이야기를 더는 듣고 싶지 않아서 말했다.

"고마워." 기린이 침대 밑에서 머리를 빼며 인사했다.

"재밌었어! 이런 시간이 정말 필요했어. 고슴도치야, 너도 우리 집에 한번 다녀갈래? 내 침대 밑에?"

고슴도치는 좋다고도 싫다고도 표현하지 않았다. 기린은 문밖으로 나갔다.

고슴도치는 기린이 밖에서 동물들을 만날 때마다 고슴도치네 집에 갔던 이야기를 신나게 하는 소릴 들었다. 그의 침대 밑을 방문한 이야기!

"침대 밑이라고?" 그들이 물었다.

"그래, 침대 밑. 정말 재미있었어. 고슴도치는 누가 오든 거기서 맞이해."

18

 타조. 혹시 타조도 올까? 고슴도치는 침대 밑 어둠 속에서 생각했다.

 지금까지 한 번도 타조를 만난 적이 없었다. 그러나 언젠가 개미가 타조에겐 머리를 넣을 뭔가를 꼭 준비해 줘야 한다고 말해 준 적이 있었다.

 "어떤 거?" 고슴도치가 물었다. 개미는 어깨를 으쓱하더니 대답했다. "보면 알 거야."

 보면 안다……. 고슴도치는 그 말을 깊이 생각해 보았다. 보면 뭘 알게 될까? 누구를? 하늘? 어쩌면 타조는 자기 머리를 하늘로 솟구치게 하고 싶을지도 몰라. 아니면 벽 속으로.

 타조가 들어왔다.

"안녕, 고슴도치야."

"안녕, 타조야. 차 한 잔 마실래?"

"그래, 좋아. 그런데 내 머리 먼저 집어넣어야 돼."

"맞다. 어디다 제일 넣고 싶니?"

타조는 주위를 둘러보았다. 이제 그 무언가가 드러나겠군. 고슴도
치는 생각했다.

타조는 찬장을 쳐다보고는 그리 걸어가서 서랍을 열고 머리를
집어넣었다가 재빨리 다시 꺼냈다.

"아니야……." 타조가 투덜거렸다.

그는 무릎을 꿇고 앉더니 머리를 침대 밑, 거울 뒤, 창틀로 계속
해서 밀어 넣었다. 그러곤 곧바로 다시 머리를 빼고 고개를 가로저
었다.

어디든지 답답하고 춥다는 것이었다.

고슴도치는 차를 끓였다.

"모르겠다. 선택지가 많지 않아." 타조는 머리를 램프 안에 집어
넣었다가 빼고는 고슴도치의 가시에 비벼 댔다.

"아야, 안 되겠어."

타조는 의자로 가서 앉았다. 그리고 슬픈 표정으로 가슴에 난 깃
털을 내려다보았다. 그는 깃털 속으로 얼굴을 거의 다 파묻었다. 이

러려고 온 게 아닌데.

고슴도치는 타조 앞에 찻잔을 내려놓았다.

"미안해. 그렇지만 오면서 기대를 많이 했어."

"그렇구나. 케이크도 있는데."

그러나 타조는 차를 마시지 않고 어떤 케이크가 있는지 묻지도 않고 다른 어떤 말도 하지 않고 나가 버렸다.

고슴도치는 창문으로 타조가 뛰어가는 모습과 피나무 아래에서 아파하는 소리를 내며 머리를 땅에 묻는 모습을 바라보았다. 흙더미가 튀어올랐다.

19

고슴도치는 여전히 침대 밑에 누워 또다시 달팽이와 거북이를 생각했다.

늦은 아침이었다. 거북이는 앞서 걷다가 뒤따르는 달팽이에게 몸을 돌렸다. "우리 조금 서둘러야 돼……." 그가 조심스럽게 말을 꺼냈다.

"서두르라고? 너처럼 서두르라고……!" 달팽이가 소리를 질렀다. 그는 멈춰 서더니 오히려 한 걸음 뒤로 물러났다. "그런 말을 들으면 정말 괴롭다는 거 모르지?"

거북이는 아무 대꾸도 하지 않았다. 자기도 그 말을 좋아하지 않았기 때문이다. 그런 말을 한 게 후회스러웠다.

"아니야. 너는 몰라! 네가 아는 거라고는 서둘러, 빨리, 즉시, 지금,

순식간에, 당장, 빨리빨리뿐이야……." 달팽이는 토해 내듯 외쳤다.

그러고는 더듬이를 불타듯 붉히더니 자기 집으로 몸을 집어넣어 버렸다.

"꼭 갈 거지만 꽤 늦을 거라고 고슴도치에게 편지를 쓸까?" 거북이가 물었다.

"너나 많이 써!" 진정하려고 애쓰던 달팽이가 외쳤다.

거북이는 등껍데기 속에서 종이를 한 장 꺼내, 그들을 괘씸하게 생각하지 말라고, 상당히 늦게 도착할 거라고 썼다. 거북이는 고슴도치가 이해해 주길 바랐다. 그들은 이제 천천히 갈 수 있었다. 빨리 가려고 해도 그럴 수 없었지만, 그러고 싶지도 않았다.

그들은 빠른 것은 전부 증오했다.

거북이는 잠시 펜을 입에 물었다. 그는 증오한다라는 단어를 좋아했다. 빠른 것을 증오하고, 서두르는 것을 증오하고, 인내심 없는 것을 증오했다.

달팽이가 집에서 기어나와 말했다. "아예 안 갈 거라고 써." 달팽이는 아예라는 단어와 아니다라는 단어를 좋아했다. 그는 달팽이가 아니라 아예아니다로 불리고 싶었다. 저쪽에 아예아니다가 산대. 그는 걷지 않는대, 생각하지 않는대, 말하지 않는대……. 정말로 그렇게 되면 모든 영광을 자기 이름에 돌릴 것이다.

하지만 거북이는 그렇게 쓰지 않았다.

"고슴도치가 우리를 초대했어. 가야 해."

"해야 한다, 반드시 해야 한다……. 넌 언제나 해야 한다고만 하지."

"우리에겐 그럴 의무가 있어."

"의무라고! 더 심해지네!" 달팽이는 크게 소리를 지르며 화를 내다가 안쓰럽게도 머리를 자기 집 지붕에 그대로 쾅 박아 버렸다.

"이것 봐……." 그는 울음을 터뜨렸다. "이게 누구 잘못인지 생각해 봐!"

거북이는 달팽이가 다시 매무새를 가다듬는 걸 도왔다. 그리고 그들은 말없이 다시 길을 떠났다.

"분명 즐거울 거야." 거북이가 말했다.

달팽이는 아무 대답도 하지 않고 조용히 투덜대면서 가장 가까운 풀 더미를 향해 1밀리미터씩 미끄러져 갔다. 풀 더미에서 잠깐 멈춰 기운을 차리고 싶었다.

그들을 초대하면 올까? 고슴도치는 생각했다. 아마 내년 여름쯤이나 도착할 거야. 그렇지 않으면 그다음 해에.

20

한 번도 들어 본 적 없는 동물들이 갑자기 모두 다 오는 건 아닐까? 고슴도치는 침대 밑 어둠 속에서 생각했다. 사막 지렁이, 바다 쥐, 날아다니는 게, 밤 뱀……

그들은 우르르 몰려 들어와 놀란 듯 주변을 둘러보았다.

그들은 자기가 거기서 뭘 하는지 몰랐고, 대부분은 자기가 존재하는지조차 몰랐다.

동물들이 외투를 벗어 고슴도치의 가시에 걸자 낯선 외투 수백 벌이 순식간에 고슴도치를 둘러싸 버렸다. 고슴노치는 움직일 수도 없었다.

"너희들 뭐 좀 마실래? 혹시 차라도?" 고슴도치가 물었다.

마신다? 그들은 그런 말을 한 번도 들어 본 적이 없었다. 그리고 차에 대해서도 들어 본 적이 없었다.

가장 존재하지 않을 것 같은 동물들이 탁자와 의자를 먹어 치웠다. 고슴도치가 그들을 위해서 준비해 뒀다고 여긴 것이다. 맛있게 먹었다고 말하긴 했지만 사실 그들은 단맛 나는 탁자와 신선한 의자를 더 좋아했다.

방문이란 게 뭐냐고 묻기도 했다. 겨울을 잘 보내라며 고슴도치가 준비한 외투나 모자처럼, 만질 수 있는 물건일 거라고 생각하면서. 그들 모두 따뜻한 방문을 원했기 때문이다.

어쩌면 방문이란 앉을 수 있는 의자라고 생각했을지도 모른다.

계속해서 많은 동물이 들어왔다. 모래 벌, 하늘 사자, 얼룩 진흙 하늘소, 분홍 나무늘보⋯⋯.

그들은 커튼과 거울, 침대를 먹어 치우고 고슴도치의 가시도 갉아 먹었다.

고슴도치네 집에 아무것도 남지 않자, 그리고 가시도 거의 없어지자 서로서로 다른 동물들의 외투를 입고 뒹굴어 대며 몇 개 남지 않은 고슴도치의 가시에 달라붙었다. 결국 고슴도치는 자기 등에 달라붙어 즐길 만한 게 더 있는지, 어이없는 게 또 있는지 물어보았다. 그들은 어이없는 걸 좋아하는 게 분명했다. 그리고 그들은 자기가 초대를 받고 왔다는 사실도 여태 모르고 있었다. 그 방문이라는

고슴도치의 소원

게 모자가 아닌 건 분명했다. 그렇지 않았다면 그들도 방문을 보았
을 테니.

드디어 그들은 모두 각자 다른 방향으로 흩어져 숲으로 사라졌다.

고슴도치는 생각했다. 만약 내가 존재하지조차 않는다면, 대체
어디서 살아야 할지 알 수 없기 때문이겠지?

21

고슴도치는 여전히 침대 밑 어둠 속에 누워 있었다.

여기가 제일 안전해, 외롭지만 안전해.

여기선 나 때문에 불편할 일도 거의 없어.

고슴도치는 거기 누워 아주 오래 잘 수도 있었다. 항상 밤이면 침대에서 담요를 덮고 잠이 들어 아침이면 일어났지만, 침대 밑 어둠 속에서는 아주 오래, 몇 달 동안이라도 잘 수 있을 것 같았다.

하지만 등의 가시는 동의할 수 없다는 듯 납작해져 신음하고 있었다. 가시들에겐 사고를 당한 거나 마찬가지겠지.

"미안해." 고슴도치는 속삭였다. 가시들은 꼿꼿하게 서 있는 걸 제일 좋아한다는 걸 알고 있었다. 그리고 고슴도치와는 다른 걸 원할 때가 많았다.

고슴도치는 자기가 왜 누워 있는지 가시들에게 설명하려고 했다.

그러나 가시들은 아무 대꾸도 하지 않았다.

"말을 해! 말을 좀 하라고!"

고슴도치는 가시들이 뭐라고 대꾸를 좀 했으면 좋겠다고 생각했다. 기린 머리에 달린 뿔처럼. 기린 말고는 그 누구도 그들이 나누는 이야기를 들을 수 없다 해도.

가시들은 내가 잠들었을 때만 이야기를 하나 봐. 이렇게.

편하게 앉아 있니? 응, 괜찮아. 옆으로 좀 비켜 줄래? 그래, 좋아. 그런데 넌 약간 뒤로 가야 돼. 이 정도면 충분해? 응. 너 코 골지, 그렇지? 그래! 고슴도치가 자니까 좋다. 정말이야. 우리 한번 바꿔 볼까? 네가 등으로 오고 내가 이마로 가는 건 어때? 그럴 수 있으면 좋겠다! 쉿! 너무 크게 말하지 마. 조심해, 고슴도치가 깰 거야!

고슴도치는 한숨을 쉬었다.

그들이 말을 할 수 있으면 노래도 할 수 있을 거라는 생각이 들었다.

그렇다면 합창단을 꾸릴 수도 있을 거야.

고음은 앞쪽, 눈 바로 위에 배치하고, 저음은 맨 뒤에 배치하는 거야. 누가 찾아오면 환영 노래를 부르겠지. "우리의 고슴도치가 당신을 환영합니다. 들어오세요. 차를 드릴까요?" 그리고 박자에 맞춰 이리저리 몸을 굽혔다 폈다 하겠지.

집 앞 잔디에 푯말을 세워야겠다. 오늘 대합창단 공연. 모두 환영. 불편한 방문도 환영이라고 써서. 그러면 누군가가 불편해하더라도 괜찮을 거야. 원하든 원하지 않든, 가시합창단이 편하게 해 줄 테니까.

동물 수백 마리가 찾아올 것이다.

기린은 기절초풍하겠지. 제일 먼저, 제일 요란스럽게! 기린은 뿔을 수백 개는 갖고 싶어 했으니까.

그러면 고슴도치는 이렇게 말할 것이다. 흠, 겨우 뿔 두 개로 뭘 해…… 이중창은 되지만 합창은 안 되지.

고슴도치는 뿔이 두 개, 하나는 이마에, 하나는 등에 생기는 걸 상상해 보았다.

그는 부르르 몸을 떨면서 살짝 몸을 굴렸다. 다행히도 아직 가시가 백 개, 어쩌면 더 많이 있었다. 남는 가시를 갖고 싶어 하면 한두 개쯤 내줄 수도 있을 것이다. 그리고 겨울이 오면 그 합창단은 겨우내 아주 조용히 자장가를 불러 줄 것이다.

내 합창단이야.

그는 잠이 들었다.

22

고슴도치는 침대 밑에서 그대로 잠이 들었다. 그리고 책을 읽는 꿈을 꿨다. 『방문의 장단점』이라는 책이었다.

앞부분은 방문의 단점에 관한 내용이었다. 고슴도치는 심장이 쿵쿵거렸다.

방문 전, 방문 중 그리고 방문 후에 일어날 수 있는 상황이 모두 나와 있었다. 언쟁은 격렬해지고, 케이크는 상했고, 차에선 짠맛이 나는 데다, 씁쓸한 비난에 이은 서로를 향한 악의 어린 눈빛에 고통스러운 오해까지, 앉으려고 하면 망가져 버리는 의자에, 초대받지 않은 손님들이나 너무 오래 머무는 손님들, 직접 만든 곡을 노래하는 것도 모자라 다 같이 부르자고 하는 손님들 등등.

방문의 단점은 끝이 없는 것 같았다.

고슴도치의 소원

방문 같은 건 싫어! 책을 읽으면서 고슴도치는 생각했다.

그는 마침내 2부 「방문의 장점」에 이르렀다.

2부에는 단 한 문장만 있었다.

"방문의 장점은 언급할 가치가 없다."

언급할 가치가 없다, 언급할 가치가 없어……. 책을 내려놓는 순간 고슴도치는 잠에서 깼다.

나 역시 언급할 가치가 없는데. 그는 돌아누워 다시 잠을 청했다.

그리고 잠시 후 다시 꿈을 꾸었다.

동물들이 함께 춤을 추며 귓속말을 했다.

"우리 집에 올래?"

"그럼. 물론이지. 그럼 너도 우리 집에 올래?"

"좋아, 그럼 그다음엔 네가 다시 우리 집에 올 거지?"

"기대해! 그다음엔 네가 다시 우리 집에……."

모두가 기꺼이 서로를 방문하길 원했다.

동물들은 숲속을 걸어가는 고슴도치에게는 인사도 하지 않고 지나쳐 전속력으로 뛰어갔다.

"왜 나한테 인사 안 해?" 고슴도치는 그들의 등에 대고 외쳤다.

"숨이 차서. 우리는 방문을 해야 해!"

"누구를?"

"서로서로."

"그럼 나는?"

그렇지만 동물들은 고슴도치의 말을 듣지 않았다.

그는 놀라서 다시 깼다. 그 역시 숨이 가빠졌다.

고슴도치는 침대 밑에서 나와 방을 이리저리 거닐며 밖을 내다보았다. 한밤중이었다.

고슴도치는 다시 기어서 침대 밑으로 들어갔고 잠시 후 다시 잠이 들었다.

그리고 세 번째 꿈을 꾸었다.

모든 동물로부터 편지를 수백 통 받는 꿈.

"이제 정말 한 번쯤은 우리 집에 오지 않을래?"

"네가 우리 집에 오길 얼마나 고대하고 있는지 알아주기라도 한다면⋯⋯."

"지금 당장 오는 게 어때, 지금 바로?"

"네가 지금 안 오면, 어떡해야 할지 모르겠다. 잘 생각해 봐."

고슴도치는 모두를 찾아가려고 문밖으로 나갔다. 숲속 공터로 가 보니 모두 거기 모여 있었다.

"야, 너도 왔구나! 와, 진짜 신난다! 우리를⋯⋯ 우리를 찾아오다니⋯⋯." 그들이 외쳤다.

모두들 고슴도치에게 몰려들어 그를 뚫어지게 바라보았다. 그의 입에 케이크를 가득 물려 주면서, 그가 딱 적당한 때 왔으며 일 초라도 늦었으면 큰일 날 뻔했다고 했다.

"아아, 고슴도치. 고슴도치야……." 모두들 노래를 부르기 시작했다.

"얘, 고슴도치야, 있잖아, 너 진짜 멋지게 날아다니지."

"아니, 나는 못 날아!" 고슴도치가 외쳤다.

"아니야. 그렇게 겸손할 필요 없어."

그들은 고슴도치를 들어 올려 공중에 높이 던졌다.

"이것 봐, 날 수 있잖아!"

고슴도치는 쿵 하는 소리를 내며 땅에 떨어졌다.

"다음에는 날 수 있을 거야." 그들은 고슴도치의 어깨를 두드렸다.

"조심해! 가시가 있어!" 고슴도치가 외쳤다.

"괜찮아." 동물들은 제각기 손으로, 발로, 날개로, 지느러미로 고슴도치가 가시라고 하는 것을 내리쳤다. 심지어 나비조차 날개로 때렸다.

가시가 몸속으로 파고들었다. 잔털만 남을 때까지 그들은 계속 고슴도치를 때렸다. "조심해, 잔털만 남았어. 이제 고슴도치가 아니라 민둥고슴도치가 됐어!" 그들이 외쳤다.

고슴도치의 소원

순간 잠에서 깬 고슴도치는 벌떡 일어나다가 머리를 부딪혔다. 그러다 지금 어디에 있는지 깨닫고는 한숨을 쉬고 옆으로 돌아누웠다. 가시가 모두 제자리에 있는 것을 느끼며 다시 잠에 빠졌고 그날 밤 더는 꿈을 꾸지 않았다.

23

고슴도치가 깼을 땐 아직 어둑어둑했다.

고슴도치는 침대 밑에서 자기 방을 바라보았다.

내 방. 그는 생각했다. 나만의 방이야.

가끔 그의 방은 온 세상만큼 크게 느껴졌다.

어쩌면 온 세상보다 더 클지도 모른다.

고슴도치는 문을 바라보았다. 문은 세상의 가장자리였다. 문으로 나가면 우주에 떨어지는 것이다. 우주 어디로 떨어질지는 아무도 모른다.

고슴도치는 창문으로 천체를 볼 수 있었다. 천체는 푸르렀고, 비밀스러웠다. 고슴도치는 몸을 떨었다.

천장은 하늘이었고, 전등은 태양이었다. 그 태양은 오직 밤에만

나타났지만 그런 건 중요하지 않았다.

식탁과 의자는 산이었고 탁자와 창문 사이는 사막이었다.

그럼 바다는 어디 있을까? 강은?

강은 여기, 내 침대와 탁자 사이에 있어. 그냥 내 생각일 뿐이지만, 가능해. 뭐든 가능해. 바다는 아직 찾아야 하지만. 고슴도치는 바다에 대해선 한 번도 들어 보지 못했다.

강에선 작은 물결이 조용히 철썩거리며 강변 풀숲에 부딪혀 부서지고 있었다.

버드나무도 있었다.

아, 참 좋다…….

고슴도치는 모든 것을 잊었다. 그가 느끼던 외로움, 가을, 그리고 아직 보내지 않은, 찬장 속 편지도 잊었다.

창문 앞 멀리 뭔가 떨어지는 것이 보였다.

나비 같았다. "안녕, 나비야!" 고슴도치는 큰 소리로 인사했다.

역시 나비였다. "안녕, 고슴도치야!" 나비도 큰 소리로 대답했다.

"조심해." 고슴도치가 외쳤다. "저기 밖은 우주야, 그리고 네가 서기로 떨어지기라도 하면……."

"그러면 뭐?"

"몰라."

정말로 몰라. 고슴도치는 생각했다. 그러면 어떻게 될지 생각 좀 해 봐야겠어. 하지만 지금은 안 돼.

고슴도치는 눈을 감았다. 그리고 침대와 탁자 사이를 흐르는, 하늘 높이 떠 있는 햇빛을 받아 반짝이는 강가 풀숲에 몸을 기댔다.

아무도 그를 방해하지 않았고, 갑작스레 찾아오는 이도 없었다.

24

아, 뭐가 이렇게 복잡해. 잠시 후 방이 다시 진짜 방으로 돌아왔
을 때 고슴도치는 생각했다.

그는 침대 밑에서 기어 나와 잠시 산책을 하면서 아직 보내지 않
은 편지에 대해 고민해 보기로 했다. 아마 곧 결정할 수 있을 거야.

고슴도치는 밖으로 나갔다. 그리고 집 근처 덤불을 지나 숲속 공
터로 갔다.

거기서 개미를 만났다.

개미를 지금 당장 초대할까? 그러면 편지를 보낼 필요도 없고 그
다음에 아무도 안 올 테니까.

그러나 그는 그저 "안녕, 개미야!" 하고 인사만 했다.

개미는 생각에 잠긴 것 같았다. 하지만 고슴도치를 올려다보면서

대답했다. "안녕, 고슴도치야."

그들은 잠시 가만 서 있었다. 고슴도치는 개미가 아무 말이라도 하길 바랐다. 그러나 개미는 입을 꾹 다물고 있었다. 그렇다면 내가 무슨 말을 해야겠지, 그런데 무슨 이야기를 하지? 크게 말할 생각은 없었지만 그만 입 밖으로 이런 말이 불쑥 나와 버렸다. "뭐가 이렇게 복잡할까!"

개미가 고개를 끄덕였다. "그러게 말이야. 모든 게 복잡해."

"모든 게?" 고슴도치가 물었다. 동물들을 하나도 초대하지 않겠다는 결정을 떠올렸다. 그건 복잡한 일이 맞아. 그러나 복잡하지 않은 것들도 많았다. 비, 바람, 나뭇가지가 스치는 소리, 이런 건 전혀 복잡하지 않으니까.

"그래. 복잡하지 않은 게 있으면 말해 봐." 개미가 말했다.

고슴도치는 곰곰 생각하다가 대답했다. "공기."

"공기! 공기는 존재하는 것 중에서 제일 복잡해!" 개미는 팔짝 뛰면서 재주를 넘다가 등부터 땅에 떨어졌다. 하지만 곧바로 일어나 어깨에 묻은 먼지를 털면서 다시 말했다.

"다른 게 또 있으면 말해 봐."

고슴도치는 땅, 숲, 구름이라고 대답했다. 그렇지만 개미는 곧바로 매우매우 복잡한 것들을 늘어놓기 시작했다. 복잡한 것 하나를 말해 놓고는 또다시 그보다 더 복잡한 것을 말했다.

그래서 고슴도치도 복잡하다는 생각이 드는 걸 말했다.

"너."

개미는 잠시 생각하더니 고개를 저었다. "나는 단순해, 고슴도치야. 심지어 세상에 존재하는 것 중 제일 단순해. 그런 점에서 나는 기적이지."

고슴도치는 눈을 크게 뜨고 개미를 바라보았다.

그러자 개미는 펄쩍 뛰면서 소리를 질렀다. "그렇지만 사실은 그게 복잡한 거야! 단순한 것이 복잡한 거야. 단순하면 단순할수록 복잡해져. 나는 이 세상에 존재하는 가장 단순하고도 가장 복잡한 동물이야."

개미는 가만히 목청을 가다듬었다.

고슴도치는 더는 묻지 않았다. 누군가를 찾아가는 건 복잡한 일인지 묻고 싶었지만 개미의 대답이 질문보다 더 복잡할까 봐 겁이 났기 때문이다.

개미와 헤어진 고슴도치는 산책을 조금 더 하고 집으로 향했다.

그러고는 거울 앞에 서서 자신을 바라보았다.

"안녕, 고슴도치야." 그가 조용히 말했다. "너 거기 있니? 너는 가끔 누군가를 찾아가니? 그래. 넌 참 다정하구나. 내겐 찾아와 주는 친구가 없어. 그리고 나도 가지 않아. 참 우습지, 응." 그는 자신을 보면서 다정하게 미소 지었다. 그러곤 탁자를 가리키며 무엇을 마실지 물어보았다. 고슴도치는 차를 끓이고 거울 건너편에 앉아 둘 다 지니고 있는 가시와 외로움에 대해 이야기를 나눴다. 조금 후 손을 흔들며 거울 속 자신과 헤어지고 안도의 한숨을 쉬었다. 고슴도치는 코를 거울에다 누르며 눈을 꼭 감았다.

25

조금 시간이 흐른 후 고슴도치는 하마를 떠올렸다. 벌써부터 하마가 달려오는 모습이 보이는 듯했다.

"고슴도치야." 그가 큰 소리로 외쳤다. "나 왔어! 네가 초대했잖아. 문 열어." 커다란 물건을 등에 진 하마는 숨이 가빴다.

고슴도치는 문을 열었다. 하마는 들어오려고 했지만 등에 진 물건이 너무 컸다.

"그게 뭐니?"

"욕조야."

"욕조?"

"그래, 욕조."

하마는 문 앞에 욕조를 내려놓으며 말했다. "벽을 조금 부숴야 될 것 같아."

"꼭 그래야 돼?"

"응."

하마는 집 멀리 떨어졌다가 전속력으로 달려 고슴도치네 집을 들이박았다. 벽이 무너졌다.

그는 무너진 벽 잔해를 헤치며 길을 트고 안으로 들어왔다. 그리고 탁자, 의자, 침대 그리고 찬장까지 밖으로 내놓았다. 그러고는 욕조를 방 가운데 놓았다.

"자, 받아. 선물이야."

"하지만……."

"넌 이제 언제든 목욕을 할 수 있어. 어떻게 하는지 보여 줄까?"

하마는 창틀에 올라가더니 물을 가득 채운 욕조로 다이빙을 했다.

엄청난 물결이 욕조 가장자리를 때린 다음 그때까진 무사하던 벽마저 흠뻑 적셔 버렸다.

"이게 목욕이라는 거야."

하마는 욕조 안에서 떠올랐다 잠겼다 하며 말했다. "꼭 해 봐, 고슴도치야."

고슴도치는 아무 말 없이 구석에 앉아 있었다.

조금 있다 하마가 욕조에서 나왔다. "자, 이것 봐, 널 위한 욕조야."

고슴도치는 아무 대답도 하지 않았지만 하마는 여기 정말 잘 왔다고 생각했다. 하마는 모두를 찾아가서 모두가 목욕을 할 수 있도록 모두에게 욕조를 주고 싶다고 했다.

"아니면 숲을 물에 잠기도록 할 거야. 그래, 꼭 그렇게 해야 돼! 거기다 큰 욕조를 만드는 거야. 그래서 우리 모두 한꺼번에 나무 꼭대기에서 뛰어내리며 다이빙을 하는 거야. 풍덩!"

하마는 고슴도치와 욕조를 남겨 놓은 채 벽 잔해를 뛰어넘어 나가 버렸다. 그러곤 휘파람을 부는 것 같은 소리를 내며 강 쪽으로 사라졌다.

나는 욕조 같은 건 필요 없는데. 고슴도치는 생각했다. 목욕도 하고 싶지 않아. 그냥, 누군가 찾아와도 열어 줄 필요가 없고, 누구도 통과할 수 없는 두꺼운 문만 있다면 얼마나 좋을까.

26

그런 문에 대해 생각하고 있자니 문득 나무벌레가 떠올랐다. 나무벌레는 문을 좋아했다.

나무벌레가 뭐라고 소리치면서 오는 모습이 보였다.

"문, 문을 닫아!"

"안녕, 나무벌레야." 고슴도치가 문을 닫으며 인사했다.

"안녕, 고슴도치야." 나무벌레는 문에 구멍을 내고 들어왔다.

"차 마실래?"

"차라고? 거기에 구멍을 낼 수 있니?"

"글쎄…… 네 코라면…… 차 향기가 네 코를 뚫어 줄지도……."

"그런 건 싫은데."

"날 보러 온 거니?"

"아니, 구멍을 내러 왔어."

한 시간 만에 고슴도치는 썩은 나무와 나뭇조각에 둘러싸여 버렸다. 침대, 탁자, 의자, 찬장, 지붕, 벽, 바닥…… 나무란 나무는 이제 하나도 남지 않았다.

"또 없어?" 나무벌레가 물었다.

"몰라." 고슴도치는 한숨을 쉬었다.

"거기다 구멍을 내고 싶다. 네가 모른다고 한 거기 말이야." 그러더니 고슴도치의 가시에도 구멍을 내려고 했다. 어떻게 하면 가시에 구멍을 낼 수 있을지 궁금했던 것이다. "난 도전하는 걸 좋아해." 나무벌레가 말했다.

"자, 그러면 도전해 봐." 고슴도치는 눈썹을 하나 뽑아 나무벌레에게 내밀었다. 내가 왜 이런 말을 하지? 하고 생각하면서.

꽤 시간이 흐르고, 고슴도치의 눈썹은 한 가닥도 남지 않았다.

동물들은 고슴도치네 집이 있던 곳을 지나가면서 이렇게 말할 것이다. 저기 고슴도치가 살았었지? 고슴도치? 그래, 고슴도치. 지금은 어디 살지? 이젠 역사가 되어 버렸어. 동물들은 그 역사가 어떻게 이루어졌는지, 나무벌레 덕분에 고슴도치가 어떻게 역사가 되었는지 이야기할 것이다. 그렇지만 나무벌레는 아직 거기 있을 것이다. 그들이 하는 말을 들으며, 예전에도 이후에도, 그사이 흘러간 모든 나날, 시간, 분, 초가 사라져 버리도록 역사에 그리고 미래에 구멍을 내고 싶다고 말하면서.

안 돼. 고슴도치는 생각했다. 나무벌레는 오면 안 돼.

그는 푯말을 만들어 이렇게 썼다.

나무벌레는 제발 다른 곳에 구멍을 내시오.

그는 푯말을 문에 단단히 박은 다음 제발에 밑줄을 긋고 마지막에는 느낌표를 덧붙였다. 그런 다음에야 고슴도치는 자기 집 안에서, 자기 가시들과 함께 안전하다고 느꼈다.

글쎄, 정말 안전할까……? 고슴도치는 확신할 수 없었다.

고슴도치의 소원

27

고슴도치는 머리를 괴고 탁자에 앉아 깊은 생각에 잠겼다.

혹시 메뚜기가 올까? 어쩌면 내일 아침에 문을 두드릴지 몰라. 그러곤 가게를 열자고 하겠지.

이른 아침, 아직 태양도 떠오르지 않은 무렵 누군가 문을 두드리며 외쳤다.

"고슴도치야!"

고슴도치는 침대에서 나와 힘겹게 문으로 걸어갔다.

"누구세요?"

"나야, 메뚜기."

고슴도치는 문을 열었다. 메뚜기가 들어왔다.

"안녕, 메뚜기야. 내 편지 받았니?"

"응." 메뚜기는 이따금씩 고개를 끄덕이며 주위를 주의 깊게 둘러보고는 탁자를 벽으로 밀었다.

"이게 진열장이야."

"무슨 진열장?"

"우리 가게 진열장. 그래서 일찍 온 거야. 좀 있다 첫 손님이 올 때쯤 문을 열 거야."

그는 몸을 돌리며 말했다. "이건 유리 진열장이야." 그러고는 고슴도치의 찬장에서 선반을 하나 꺼내더니 창틀에 올려놓았다. 선반 위에는 풀로 만든 꿀, 빗, 덧신 그리고 고슴도치의 가시를 깎는 가위도 놓았다. "이걸 팔 거야."

메뚜기는 잠시 생각했다. "알겠어? 저건 세일할 거야."

그런 다음 침대에는 '새것처럼 좋아요', 의자에는 '아주 안락한 의자'라고 적힌 종이를 붙였다.

금세 동물들이 뭔가를 사려고 나타났다.

아침이 끝나 갈 무렵이 되자 방은 완전히 비었고, 이제 메뚜기는 고슴도치의 외투를 아주 싼 값에 내놓았다. 그리고 겨울에 귀가 차가우면 쓰곤 하는 파란 모자까지 팔려고 했다.

족제비가 외투를, 하마가 모자를 샀을 때 메뚜기는 진지하게 고슴도치의 가시를 바라보았다.

"우리, 가시도 팔까? 두 개를 한 개 값으로? 분명 인기 있을 거야. 몇 개 뽑아서 유리 진열장에 놓아 보면 어때?"

"그런데 넌 날 보러 방문한 거 아니었어?"

"방문! 우리 그것도 팔아 보자. 바로 그거야! 방문에 대한 수요는 언제든지 있거든. 조금 전에 새로 재고가 들어온 거야. 모든 사이즈, 모든 색상의 가을 방문! 최신 유행이지. 고맙다, 고슴도치야. 덕분에 이런 걸 생각해 냈어. 당장 진열하자. 우리에겐 모두를 위한 모든 것이 있어."

고슴도치는 아무 말도 할 수 없었다.

28

어쨌거나 달팽이와 거북이는 아직도 오는 중이겠지. 메뚜기가 머릿속에서 사라지자 고슴도치는 다시 그들이 생각났다. 나도 느리지만 그들은 더 느려.

"거북아!" 달팽이가 소리쳤다.

"응."

"잠시만 멈춰 봐."

"왜?"

"뭐 좀 물어보고 싶어서."

"물어봐."

"네가 멈춰야 물어볼 수 있을 것 같아."

거북이가 걸음을 멈췄다.

"너는 단 한 순간도 가만히 있지를 않지?" 달팽이가 물었다.

"아니야. 자주 가만히 서 있어."

"언제?"

"지금."

"지금…… 지금은 가만히 있는 게 아니잖아."

"그럼 뭐하고 있는 건데?"

"내 질문을 기다리는 거지. 그런 건 진짜 가만히 있는 게 아니야."

거북이는 아무 말이 없었다.

"너는 진짜 가만히 있는다는 게 뭔지 몰라." 달팽이가 말했다.

거북이는 아무 말 없이 땅만 바라보았다.

"우리 이제 반쯤 왔을까? ……이걸 물어보고 싶었어."

"아니."

"그럼 반의 반?"

"아니."

"그럼 반의 반의 반?"

"아니."

"그럼 우린 지금 어디의 반쯤 온 거야?" 달팽이는 더듬이를 높이 세웠다. "어딘가에는 와 있을 거 아냐?"

거북이는 한숨을 쉬고 말했다. "우리 그냥 계속 갈까?"

"잠깐 기다려."

"왜?"

"내가 물어봤잖아! 내가 뭔가 물어볼 땐 둘 다 멈추기로 했잖아, 안 그러면 나는 물을 수가 없고, 궁금한 걸 알 수도 없잖아. 우린 서로를 잃어버릴 거야. 돌이킬 수 없는 상황이 되는 거야. 너 때문에 말이야. 안 그래?"

"도대체 뭘 묻고 싶은 거야?"

"네가 잠시 멈출 수 있는지 묻고 싶어."

"그리고 내가 그 이유를 물었지."

"그래, 말했잖아, 물어보고 싶은 게 있다고."

거북이는 말이 없었다.

"그거 봐. 내 말이 맞아." 달팽이가 말했다.

거북이는 계속 걸었다.

"그래, 가라!" 달팽이가 몸을 붉히며 소리를 질렀다. "내가 방해되는 거겠지! 친구가 어둠 속에 파묻히게 그냥 놔두라고. 그 등껍데기 속에 들어 있는 너 자신이 뭔지 알기나 하니?"

"몰라." 거북이가 몸을 돌렸다. 그는 자신이 거북이인 줄 알고 있었지만, 달팽이의 눈에 비친 자신은 종종 다른 존재처럼 느껴졌다.

"흥! 이제서야 멈추네. 그래, 이제는 네가 뭔지 알고 싶은 거겠지."

고슴도치의 소원

"번개?" 거북이가 물었다. 달팽이가 자주 그렇게 불렀기 때문이다.

"아니."

"긴급 상황?"

"아니."

"빨리빨리?"

"그래, 그럴 수도 있지만 다른 거."

"뭔데?"

"네가 멈춰 있는 동안은 말할 수 없어. 멈춰 있는 동안은 넌 그게 아니니까."

거북이는 계속 걸었다.

"이제 넌 바로 그거야!" 달팽이가 소리쳤다.

이제 말해야 돼. 달팽이는 생각했다. 그리고 자기 집으로 들어가서 거북이에겐 들리지 않도록 뭔가 지독한 말을 속삭였다.

거북이는 몇 걸음 걷다가 뒤를 돌아보았다. 달팽이가 그의 집 안으로 사라지고 없었다. 기분이 이상했다. 의욕을 잃은 것 같기도 했다. 하지만 그런 게 아니었다. 체념, 바로 체념이었다. 침묵하는 체념.

거북이는 등껍데기 속으로 몸을 말고 잠이 들었다.

달팽이 역시 잠이 들었다.

그들이 지금 당장 올 것 같지는 않아. 고슴도치는 생각했다.

29

언젠간 낙타도 올 거야. 고슴도치는 생각했다. 멀리 사막에서부터 며칠을 달려 오직 나를 보기 위해서 올 거야!

고슴도치는 심장이 쿵쿵 뛰었다. 편지를 보내면, 그 편지 때문에 모든 일이 일어나는 거야…….

고슴도치는 낙타를 상상해 보았다. 낙타는 목이 말라 숨을 할딱거렸다.

고슴도치는 그를 위해 주전자 가득 차를 끓였다. 그리고 모래 케이크도 급히 몇 개 구웠다.

낙타는 차를 마시고 케이크를 먹었다.

그런 다음 뒤로 기대 누운 채 주위를 둘러보며 놀라워했다.

"저건 뭐니?" 그가 뭔가를 가리키며 물었다.

고슴도치의 소원

"의자."

"그럼 저건?"

"침대."

"그리고 저건?"

"창문."

낙타는 집 안 모든 것을 가리키며 계속 머리를 저었다. 그 무엇도 꼭 필요하진 않다는 뜻이었다.

"그럼 이건?" 그는 고슴도치 등에 난 가시를 가리켰다.

"가시야."

"네 거니? 이렇게 쓸모없는 건 처음 봐. 창피하지 않니?"

"그럼 네 등에 난 혹 두 개는 뭔데?"

고슴도치는 언짢아졌다.

"꼭 필요한 것들은 아냐!" 낙타가 외쳤다. "혹 때문에 정말 창피해. 너도 알겠지만! 너 가질래?"

"아니."

그러나 낙타는 능에서 혹을 떼어 내 고슴도치의 가시에 꽉 박더니 빠지지 않도록 주먹으로 몇 번 내리쳤다. "자, 여기 있다."

그러더니 안심한 듯 곧바로 아무도 없는 사막으로 달려 나갔다. 아, 신난다! 내 등엔 이제 아무것도 없어! 낙타는 생각했다.

고슴도치는 이리저리 흔들거리는 혹 두 개를 등에 달고 뒤뚱뒤뚱 창문으로 걸어갔다. 그는 거기 앉아, 꼭 한 번 사막에 가서 만나고 싶은데, 너는 오기 어려울 거라고 낙타에게 편지를 썼다. 날짜가 맞지 않아, 일찍 어두워져, 가시가 아파, 다들 이미 다녀갔어, 비가 내려, 집에 먹을 게 아무것도 없어, 이젠 아무도 더 못 와, 날씨가 으스스해.

고슴도치는 더 많은 이유를 생각해 내고 모두 종이에 적었다. 그리고 비가 내린다는 것이 어떤 건지, 춥다는 것이 어떤 건지 설명했다. 그런 다음 편지를 공중에 던졌다. 편지는 고슴도치를 떠나 사막을 향해 날아갔다.

고슴도치의 소원

30

어쩌면 머지않아 비가 심하게 내려서 온 세상이 물에 잠길지도 몰라. 심지어 사막까지. 고슴도치는 생각했다. 그런 일이 일어나면 메기와 잉어가 내 초대를 받아 줄 거야.

고슴도치의 문은 이미 활짝 열려 있고 집 안에는 엄청난 파도가 넘실거렸다.

"무슨 일이지?" 고슴도치는 탁자 위에 올라가 외쳤다.

"방문." 두 목소리가 들려왔다. "널 보러 왔어."

메기와 잉어가 탁자를 돌면서 신나게 헤엄치고 있었다. 가끔씩 물 위로 올라오는 머리가 보였다.

"안녕, 고슴도치야." 그들은 지느러미를 흔들며 인사했다.

"안녕, 메기야. 안녕, 잉어야." 물은 이미 고슴도치의 등 제일 아래

쪽 가시까지 차올랐다. "물이 어디까지 올라올 거 같니?"

"우린 이 정도면 충분해." 잉어가 대답했다.

잉어와 메기는 집을 반쯤 채우고 출렁거리며 부딪히는 파도 속에서 편안해 보였다.

그들은 찬장으로 헤엄쳐 가더니 물에 잠긴 가장 낮은 선반에서 한 번도 맛보지 못했던 버드나무 차, 꿀 케이크, 생크림 같은 것들을 먹어 치웠다.

"여기서 먹어도 되지, 고슴도치야?"

"그래." 고슴도치는 물이 계속 차올라서 천장 전등에 가까스로 매달린 채 대답했다.

메기와 잉어는 새로운 음식을 맛볼 때마다 탄성을 질렀다.

"전부 이렇게 맛있을 수가······." 잉어가 말했다.

"너도 뭐라고 좀 해 봐, 메기야." 기분이 좋아진 잉어는 메기에게 말했다.

물이 계속 차올라서 고슴도치는 굴뚝을 지나 지붕 위로 올라갔고 다시 라임나무 꼭대기까지 올라갔다. 그러는 동안 집은 완전히 물에 잠겨 사라졌다.

잉어와 메기는 헤엄쳐 나와 고슴도치에게 인사했다.

"우린 이제 코끼리한테 갈게." 그들이 큰 소리로 말했다.

고슴도치의 소원

"그래."

고슴도치는 라임나무 꼭대기에 거의 매달려 있었다.

그러나 곧 헤엄을 쳐야만 했다. 더 이상 무엇을 붙잡아야 할지 몰랐기 때문이다. 어쩌면 달을? 해를? 그렇지만 고슴도치는 달이나 해를 붙잡을 수 있는지도 알 수 없었다.

31

고슴도치는 깊은 한숨을 쉬고, 손님을 맞을 때 일어나는 예상 못하거나 난처한 상황에 대해 한참 생각했다. 의심하지 않으려고, 결심을 바꾸지 않으려고 계속 마음을 다잡아야 했다.

편지를 보내면 아마 까마귀도 오겠지. 그래도 집 안으로 들어오진 않을 거야. 그는 어디든 안으로는 들어가지 않으니까.

"왜 나를 초대했니?"

"아무도 안 오니까."

"왜 아무도 안 와?"

고슴도치는 대답하지 않았다.

까마귀는 의심하듯 이리저리 왔다 갔다 하며 소리를 지를 뿐이었다.

"대답 못 하지? 못 할 거야."

"차 한 잔 할래?" 고슴도치가 물었다.

"당연히 그럴 줄 알지? 집 안에선 누구나 차를 마시지만 난 안 마셔."

"이러지 마."

"싫어!" 까마귀는 쉬지 않고 외쳐 댔다. "싫어! 싫어!"

그러고는 "뭔가 속셈이 있지, 그렇지?" 하고 쏘아붙였다.

"아니야."

"맞아. 넌 날 팔아 버리려는 거야, 죽여서 시체를 내다 버리려는 거지……." 그는 점점 더 날카롭게 소리를 질렀다. "그래서 너한테 가시가 있는 거야. 꼬챙이처럼 날 꿰려고. 그러곤 이렇게 말하겠지. 자, 봐. 까마귀 꼬치를 만들었어, 이젠 이 꼬치를 팔아야지. 누가 살래? 살아 있는 거 아니야? 산 까마귀 꼬치를 누가 사? 아니야, 걱정하지 마. 이미 오래전에 죽었으니까. 이건 까마귀 꼬치야. 와, 멋있다. 정말 이 꼬치를 네가 만들었어? 그럼, 이 가시를 봐. 아, 그래, 이제 가시의 용도를 알겠네! 그런데 사실 내가 먼저 까마귀에게 편지를 보냈어. 그래? 응. 뭐라고 썼는데? 우리 집에 왔으면 좋겠다고. 그랬더니 걸려든 거야? 응. 불쌍한 까마귀 같으니, 그 녀석은 어디든 걸려들어……. 맞아, 상대를 너무 잘 믿어……. 다른 이야기 하나 해 줄까? 응. 그 녀석은 어디든 걸려들어야만 해. 그래? 응. 그럴려고 태어난 거야? 맞아. 자, 봐, 마침 저기 까마귀가 있네. 까마귀는 언제나 어디에든 걸려들어. 그게 까마귀야. 알겠어. 봐, 까마귀 꼬치 완성. 와, 멋지다. 그럼 이제……. 이제 뭐? 아니야, 아무것도 아니야. 까마귀는 언제까지나 꼬치로 있을 거야. 다들 꼬치로 만들려고 할 테니까."

까마귀는 깍깍거리며 날아가 버렸다. "바로 그거야, 고슴도치야. 꼬치. 모두들 날 꼬치로 만들려고 하지. 까마귀 꼬치, 그게 바로 나야!" 까마귀는 이제 보이지 않았다.

32

고슴도치는 고개를 저었다. 그래도 게는 반드시 들어오려고 할 텐데.

누군가 문을 쿵쿵 두드렸다.

"이런." 게가 말했다.

"안녕, 게야." 고슴도치는 작은 목소리로 인사했다. 그러고는 조심스럽게 뒷걸음질 쳐서 창문 옆에 섰다.

"내가 왔다." 게가 날카롭게 말했다. 그는 가까이 다가오더니 집게로 고슴도치의 머리에서 가시를 하나 뽑았다.

"아야."

"좀 더 크게 비명을 질러 봐. 넌 고통이 뭔지 알잖아?"

그러고는 가시 두 개를 한꺼번에 뽑았다.

고슴도치의 눈에서 눈물이 솟았다. 고슴도치는 작게 신음했다.

"왜 이러는 거야?"

"뭐? 이유가 있어야 돼? 그냥 하는 거야. 의자에 앉는 데 이유가 필요해? 등을 긁는 데 이유가 필요하냐고!"

게는 고슴도치의 몸에서 가시를 하나하나 뽑기 시작했다.

고슴도치는 불평하고, 신음하고, 울먹이고, 비명을 질렀다. 그러나 게는 그가 더 심하게 불평해야 한다고, 더 크게 비명을 질러야 한다고, 아직은 약한 것 같다고, 정말로 고통스러워하는 것 같지 않다고 말할 뿐이었다.

마침내 고슴도치의 몸에서 가시가 몽땅 사라졌다.

"차 한 잔 마실 수 있을까?" 게가 물었다.

"그래." 고슴도치가 울면서 대답했다.

게는 고슴도치를 집게로 들어 올리더니 찻주전자 쪽으로 내동댕이쳤다. "방문해 주는 것도 힘드네……." 그는 한숨을 쉬었다. "차 한 잔 마시자고 이게 무슨 고생이야……."

"미안해." 고슴도치는 가능한 한 빨리 차를 끓이면서 작게 말했다.

게는 차를 마셨고 찬장 안에 있던 커다란 케이크 조각도 먹어 치웠다. 남은 케이크는 창밖으로 던져 버렸다.

그런 다음 게는 문을 뜯어내더니 집게로 집어서 가져갔다.

"너네 집에 온 기념이야." 그러고는 문을 가리켰다. "문을 수집하거든."

"그래." 고슴도치가 흐느끼며 대답했다.

"다음엔 더 많이 고통스러워해도 돼."

게는 사라졌고 고슴도치는 생각에 잠긴 채 문이 떨어져 나간 빈자리에 맨몸으로 서 있었다. 차가운 가을바람이 불어 들어왔다.

고슴도치는 창가에 앉았다. 그리고 방 구석에다 아무도 가져갈 수 없는 뭔가를 설치할 계획을 세웠다. 게가 오더라도 절대 들어갈 수 없는 곳, 다른 그 누구도 들어갈 수 없는 곳이어야만 했다.

33

말벌도 안 돼. 고슴도치는 눈을 감았다. 라임나무 옆 산사나무 가지 위에 앉아 있는 말벌이 창문으로 보였다.

고슴도치가 창문을 열었다.

"안녕, 말벌아. 나를 찾아온 거니?"

"응."

"들어와도 돼."

"아니야, 그러기 싫어. 옆에 가면 널 쏠지도 몰라."

고슴도치가 고개를 끄덕였다. 그도 잘 알고 있었다. "내겐 가시가 있어. 그렇지만 난 안 찌를 거야."

"우리는 달라." 말벌이 한숨을 쉬었다.

고슴도치는 말벌이 앉아 있는 가지 끝에 차 한 잔을 내려놓았다.

창문 밖으로 최대한 멀리 손을 뻗으니 간신히 닿았다.

말벌은 차에 꿀을 듬뿍 넣어 마셨다. 그들은 쏘고 쏘이는 것, 찌르고 찔리는 것에 대해 이야기를 나누었다.

"너무 이상해." 말벌이 말했다. "나는 쏘아야 해. 그렇지만 그거 말고는 아무것도 하면 안 돼. 자는 거, 날아다니는 거, 붕붕거리는 거…… 다 하고 싶고 또 하고 있는 일들이지만, 사실은 하면 안 돼. 게다가 나는 정말 쏘고 싶지 않은데 그래야 돼. 정말이야. 너도 그런 거 있니?

고슴도치가 곰곰이 생각했다.

"망설이는 거. 나는 망설이고 싶지 않아. 그런데 망설여야만 해. 누군가 나를 찾아와 주길 원하지만, 내가 정말로 원하는지 망설여져. 뭔가를 먹고 나면, 계속 먹을지 망설여. 그리고 잠에서 깨면, 일어나야 하는지도 망설여. 나는 모든 것을 망설여. 이상해."

"응, 이상해."

둘 다 말이 없었다. 이상해져야만 할 것 같았다. 둘 다 원하든 원하지 않든.

그럼에도 잠시 들어가도 되느냐고 말벌이 물었다.

"괜찮아."

말벌은 창문으로 날아 들어와 고슴도치 옆 창틀에 앉았다.

고슴도치의 소원

"차 한 잔 더 마실래?" 고슴도치가 물었다.

"그래…… 어…… 난 말이야…… 난…… 어…… 어, 그 지독한…… 해야만 하는…….." 말벌이 고슴도치에게로 몸을 돌렸다.

고슴도치는 간신히 피해 탁자 아래로 기어 들어갔다.

34

고슴도치는 그의 집에 오고 싶어 하지 않는 동물들을 생각하며
침대에 누워 있었다.

피곤했다. 하지만 자기에는 아직 이른 시각이었다.

정말로 날 보러 오고 싶어 하는 누군가를 생각해 내야 돼. 하지
만 아무도 떠오르지 않았다.

고슴도치는 한숨을 쉬었다. 자기 말고는 다들 그런 누군가를 떠올
릴 수 있을 것 같았다. 나한테 문제가 있는 거야. 그런데 그게 뭐지?

고슴도치는 가시 없이 숲을 거니는 자신을 보았다. 겨울이었다.
가시 없는 맨몸을 두터운 검정 외투로 감싸고, 가시를 그리워하며
진흙탕을 천천히 걷고 있었다.

강에 던져 버린 가시는 바다로 떠내려갔다. 고슴도치는 가시를

보며 생각했다. 고래가 주워서 등에 달지도 몰라.

"나한테 울타리가 생겼어. 자, 봐! 울타리야!" 고래가 외쳤다.

가시는 물을 뿜어내는 고래 등구멍 주위로 둥그렇게 세워져 있었다.

눈이 내리기 시작했다. 고슴도치는 더 이상 앞으로 가지 않았다. 이미 집에서 멀리 떨어진 숲 가장자리, 아무도 살지 않는 곳에 와 있었다.

부르르 몸이 떨렸다. 나한테 무슨 문제가 있는 거지? 그는 큰 소리로 외쳤다. "도와줘! 도와줘! 내 문제가 뭔지 아니?" 그러나 아무 대답도 없었다.

갑자기 여름이 닥쳐 왔고, 무척 더워졌다.

외투를 벗을 틈도 없었다. 그는 황무지를 걷고 있었다. 검은 외투가 뒤에서 질질 끌렸다. 물을 뿜어내는 호스처럼 햇볕은 그에게만 내리쪼였고, 시간은 그의 목을 갉아먹고 있었다.

고슴도치는 잠이 들었다.

그리고 한밤중에 놀라 깨어났다.

"누구 있니?" 그가 외쳤다. 무슨 소리를 들은 것 같았다. 하지만 문에 부딪히는 바람일 뿐이었다. 고슴도치는 천천히 조심스럽게 뒷통수를 만져 보았다. 가시였다.

머리에 가시가 있었다. 등에도 있었다.

가시, 방문 그리고 내 문제, 이런 건 중요하지 않아. 전혀 중요하지 않아. 그 외의 것들이 중요해. 고슴도치는 다시 잠이 들었다.

고슴도치의 소원

35

고슴도치가 잠에서 깼을 땐 어두웠다. 바닥이 삐걱거리는 소리가 들렸다. 꿈이 아니야, 분명해.

바닥이 왜 삐걱거리는진 알 수 없었다. 꿈이라면 분명히 이유가 있어. 귀를 기울여 봤지만 더는 아무 소리도 들리지 않았다.

두더지나 지렁이였을 거야, 땅속에 사니까. 초대하면 올 거야.

그들이 오는 소리가 들리는 것만 같았다 .

"고슴도치야! 고슴도치야!" 그들이 외쳤다.

그러고는 바닥을 두들겼다.

"응."

"우리 왔어. 거기 어둡니?"

밤이었지만 아직 완전히 어둡지는 않았다.

"약간."

"커튼을 쳐."

고슴도치는 커튼을 쳤다.

"아직 네 손이 보여?"

고슴도치는 손을 눈앞으로 가져갔다.

"조금……."

"조금이라니, 조금이라……." 두더지와 지렁이가 마룻바닥 아래에서 말했다. "그 말은 도움이 안 돼."

그들은 고슴도치에게 창문 커튼 위에 담요도 걸라고 했다. 그리고 틈새란 틈새는 모두 침대 시트로 막으라고 했다.

그러자 정말로 완전히 어두워졌다.

삐걱거리는 소리에 이어 다른 소리도 들려왔다.

"우리 여기 있어."

그들은 방으로 들어온 것 같았다.

"안녕, 고슴도치야. 여기 사는구나."

"차 마실래?"

"응 그래. 검은 차로 줘."

고슴도치는 되는대로 검은 차를 끓여 두 잔 가득 따랐다.

"맛이 아주 좋아." 그들이 말하는 소리가 들렸다. "적어도 맛은

꽤 좋아."

잠시 후 고슴도치는 누군가의 손이 자신을 감싸는 것을 느꼈다.

"무슨 일이야?"

"우리, 춤을 추고 있어." 둘 중 하나가 대답했다. "너랑 내가 말이야. 여기 오니 정말 재미있는걸."

다른 목소리가 찬장 근처에서 물었다. "먹을 거 더 있니?"

"넌 뭘 먹었는데?" 고슴도치가 물었다.

"케이크 두 조각이랑 꿀 한 병."

"그럼 이제 더 없어."

"아무것도 없이 이렇게 그냥 있어야 되는 거야?"

"응."

웃음을 참는 듯한 소리를 듣고 고슴도치는 넘어졌다. 조롱하고 있는 거야. 손님을 맞는 게 형편없다고 생각하는 거야.

"우리를 초대해 줘서 기뻐, 고슴도치야." 둘 중 하나가 말했다.

"근데 대접이 조금 부실하다." 다른 목소리가 말했다.

"형편없다고 할 수 있을 정도야."

"네가 우릴 보러 땅 밑으로 오면 너는 진흙에 파묻혀 죽을지도 몰라."

"미안해." 고슴도치가 중얼거렸다.

몇 시간이 지나자 조용해졌다. 고슴도치는 그들이 떠났다고 생각했다.

그는 창에 걸쳐 놓은 담요를 걷어 내고 커튼도 열었다.

날이 밝아 있었다.

마룻바닥 한가운데에 구멍이 나 있었는데 그 구멍으로 두더지와 지렁이가 사라진 것 같았다. 고슴도치의 검은 덧신도 가져간 것 같았다. 덧신이 집 안 어디에도 없었던 것이다. 고슴도치는 일어나 밖을 내다보았다. 비가 내리고 있었다.

36

비가 멈추지 않고 거세게 내렸다. 고슴도치는 오소리를 생각했다. 왜 갑자기 오소리가 생각났는지는 그도 알 수 없었다. 오소리 생각은 다시는 안 할 거야, 그런데 왜 지금 생각이 날까?

고슴도치는 문 앞에 서 있는 오소리를 보았다. 주저하는 것 같았다.

고슴도치가 창을 열고는 불렀다. "오소리야."

잠시 후 그들은 마주 보고 탁자에 앉았다.

고슴도치가 차를 따라 주었다.

찻잔을 저은 후 오소리가 말했다.

"무슨 이야길 해야 할지 모르겠어."

"나도."

"누군갈 초대했으면 알아야 하지 않니? 아니면 손님이 알거나?"

"여긴 아무도 오지 않거든."

잠시 침묵이 흘렀다.

"무서워." 오소리가 티스푼으로 다시 차를 저으면서 말했다. "우리는 아무 이야기도 못할 거야."

"그러게."

오소리는 목청을 가다듬고 말했다. "끔찍하지 않니? 이러려고 온 게 아닌데."

고슴도치는 아무 말도 할 수 없었다.

오소리는 자기 집에 대화 목록이 있다고 했다. 그렇지만 가져오는 걸 잊어버렸고, 뭐가 적혀 있는지도 기억 안 난다고 했다.

"서랍에 있을 거야. 집에 가면 찾을 수 있지만 그땐 이미 늦은 거지."

"그러네."

오소리는 차를 젓던 손을 잠시 멈추고 고슴도치를 바라보았다. "내일 다시 올까? 목록을 가지고? 몇 시간 동안 이야기해도 충분한 소재들이 있어."

고슴도치는 아무 말도 하지 않았다. 오소리가 내일 다시 오기를 원하는지 확신할 수 없었기 때문이다.

"너는 그런 목록 없니?" 오소리가 물었다.

"없어."

"그럼 무슨 이야기를 할지 어떻게 알아?"

오소리는 반듯이 앉아 찻잔을 옆으로 치우고는 고슴도치가 목록에 올릴 만한 것들을 늘어놓기 시작했다. 여름, 바다…….

"바다……." 고슴도치가 나직하게 말했다. "바다엔 한 번도 안 가 봤어."

"나도 안 가 봤어." 오소리가 말했다. "그래서 목록에 올리는 거야. 그리고 내가 집에 두고 온 목록에도 아마 있을 거야. 만약 없으면 꼭 넣을게."

오소리는 찻잔을 자기 쪽으로 끌어당겨 다시 젓기 시작했다.

"목록을 잊어버리고 안 가져오다니 참 아쉽다……. 며칠이나 함께 이야기할 수 있을 만큼 정말 많은데! 그리고 우린 지금 목록을 잊어버리고 안 가져온 얘길 하고 있으니까, 망각도 그 목록에 넣자……."

오소리는 고개를 젓고 더 이상 아무 말도 하지 않았다.

그들은 차 한 잔씩을 더 마셨다. 어두워지자 오소리는 집으로 돌아갔다.

"아쉽다, 고슴도치야."

"응."

37

고슴도치는 이제 비버를 떠올렸다. 비버가 오면 무슨 일이 벌어질까…… 비버는 아무 말도 하지 않겠지. 곧바로 내 방을 가로지르는 담을 쌓을 거야.

고슴도치는 비버가 자신과 다른 이들 사이에 담 쌓는 걸 좋아한다고 알고 있었다.

고슴도치가 눈을 감자 톱질 소리와 망치 소리가 들려왔다.

담 너머로 따라 준 차와 던져 준 케이크를 비버가 다 먹었을 즈음 고슴도치는 "재미있니?" 하고 물었다.

"일하는 중이야." 비버가 대답했다.

고슴도치는 썩 기분이 좋진 않았지만 표현하진 않았다. 나를 찾아온 친구가 즐거우면 괜찮아.

비버는 온종일 담만 쌓았다.

"너네 집을 반으로 나눌 거야." 비버가 저 높이 어디에선가 큰 소리로 외치는 소리가 들렸다.

고슴도치는 담장이 집 안을 가로지르며 반으로 나누어 버린 침대 한쪽 가장자리에 앉아 있었다. 비버는 이제 지붕 근처에서 일하기 시작했다.

저녁 무렵이 되자 비버의 소리가 더 이상 들리지 않았다.

이젠 내 외로움도 나누어질 수 있을까? 고슴도치는 생각했다. 절반으로 나눌 수 있는 걸까?

가능한 떠올리고 싶지 않은, 이상한 생각이었다.

고슴도치는 반으로 나뉜 창의 왼쪽에 앉아 밖에 있는 덤불을 바라보았다. 구름이 바람에 빠르게 떠밀려 갔다.

갑자기 커진 구름은 하늘 전부를 덮으려 하더니, 어느새 흩어져 흔적도 남기지 않고 사라질 것만 같았다.

내가 갑자기 사라진다면…… 그리고 누군가 찾아온다면……. 집에 없나? 정말 없네. 어디 한번 보자. 여기 편지나. 맞아. 성발 고슴도치가 쓴 거야. "너를 우리 집에 초대하고 싶어." 나라면, 누군갈 초대했으면 반드시 집에 있을 텐데! 동물들이 계속 더 찾아오겠지. 모두들 내 편지를 손에 들고 흔들면서 말할 거야. 고슴도치 집에 없니? 없어. 우릴 초대했잖아? 맞아! 몇몇은 한참이나 나를 찾고 있었다고 큰 소리로 말하겠지. 고슴도치는 누군가 오기만 하면 사라져 버려! 그게 고슴도치야. 또 어떤 동물들은 내가 존재하지 않는다고 큰 소리로 말할 거야. 아, 존재하지 않아? 응, 지어낸 동물이야. 지어낸 건 존재하지 않지!

이제 비버가 일하는 소리는 들리지 않았다. 어디에도 벽은 보이지 않았고 담 비슷한 것도 없었다.

나는 존재해. 고슴도치가 침대 끝에서 담요를 덮고 생각했다. 존재하지 않는 게 뭔지 알아? 잠시 후야. 잠시 후는 존재하지 않아. 오직 현재만 존재해. 이제 나는 찬장에 가서 맨 위 선반 맨 뒤에서 먼지가 수북이 쌓인 채 몇 년 동안 잠자고 있던 쐐기풀 잼을 한 방울도 남기지 않고 몽땅 먹어치울 거야.

고슴도치는 찬장으로 가서 쐐기풀 잼 병을 꺼내고는 바닥이 드러날 때까지 전부 먹어 버렸다.

38

그런 다음 고슴도치는 밖으로 나갔다.

가을이었다. 앙상한 나뭇가지 사이로 바람이 불었고 등으로 빗방울이 툭툭 떨어졌다.

고슴도치는 부르르 몸을 떨었다. 하지만 곧장 집 안으로 들어가고 싶진 않았다. 들어가면 또다시 편지를 집어들고는 보내야 할지 말아야 할지 생각하기 시작할 테니까.

이제 비버 생각은 그만두고 가시를 떠올렸다. 내게 가시가 없었으면 모든 게 달라졌을 거야…….

고슴도치는 눈을 꼭 감았다. 그리고 숲을 걸어가는 자신의 모습을 상상했다. 가시는 없고, 이마엔 더듬이가 두 개 솟았으며, 코는 호스처럼 길게 늘어뜨리고, 양쪽으로 뻗은 두 날개 말고도 방향을 바꿔 주는 꼬리 날개까지 달고서 숲을 걷는 모습.

이런 상상은 무척 힘겨웠다. 푸드득 소리를 한번 내 보면 기분이 좀 나아질까…….

어느 날 아침, 아주 이른 아침, 경치를 즐기며 어딘가를 날고 있는 자신의 모습이 보였다. 날개가 푸드득거리는 소리와 심지어 개똥지빠귀처럼 노래하는 소리도 들렸다. 내 생일이 되면, 바다가 바라다보이는 도토리나무 위에 지은 집을 선물받으면, 다른 동물은 초대하지 않고 큰개미핥기만 부르면, 그리고 큰개미핥기가 춤을 추고 싶은지 내게 물어본다면, 이렇게 대답할 것이다. "그래, 좋아……."

그는 눈을 더 꼭 감았다.

가시는 없고 더듬이가 두 개 솟았으며, 기다란 코를 달고 날개를 펄럭이면서 큰개미핥기 주위를 돌며 춤을 추는 자신의 모습이 보였다. 큰개미핥기에겐 가시가 있었는데, 그 모습은 눈이 부실 만큼 아름다웠다.

고슴도치의 얼굴이 어두워졌다. 큰개미핥기가 당연하다는 듯 갑자기 멈추더니 물었다. "내가 지금 누구랑 춤을 추고 있는 거지? 그걸 알고 싶어!" 고슴도치라고 대답하면 큰개미핥기는 믿지 않을 거야. 나더러 사기꾼이라고 하겠지. "가시는 어디 있니?" 그는 심문하듯 물을 거야. 어쩌면 내가 위험한 존재라고 생각할지도 몰라.

나는 위험한 존재가 아니야. 고슴도치는 생각했다.

큰개미핥기도 그렇게까진 말하지 않을 거다. 어쩌면 "알아, 고슴도치야. 난 네가 누군지 알아. 너는 이 세상 동물 중에서 제일 아름답고 특별해."라고 말하고는 나를 끌어당겨 계속 춤을 출지도 몰라.

고슴도치는 다시 밖으로 나갔다. 세찬 바람이 비를 몰고 와 벽과 창문을 때렸다. 여기까지만 생각해야 돼, 큰개미핥기가 그런 말을 했다는 것과 우리가 함께 춤을 췄다는 것까지만. 더는 생각하지 말자. 고슴도치는 생각을 멈추고 싶었다. 생각만 너무 앞서지 않도록. 하지만 이미 알고 있었다. 계속 생각을 할 거라는 것, 어쨌든 자신이 고슴도치라는 것, 그에게 가시가 있다는 것, 아무도 그를 찾아오지 않는다는 것, 모두가, 심지어 큰개미핥기도 그와 춤을 추고 싶어 하지 않는다는 것, 가을이 왔다는 것 그리고 그가 언제까지나 가을에 머물러 있을 거라는 것을.

39

고슴도치가 몸을 흔들자 가시들이 이리저리 구부러지고 비틀리는 소리가 났다. 나이팅게일이 생각났다. 어쩌면 나이팅게일이 올지도 몰라.

어느 봄날, 불빛이 거의 없는 늦은 저녁이었다.

나이팅게일이 열린 창으로 날아 들어와 탁자 가장자리에 앉았다.

"안녕, 나이팅게일."

"안녕, 고슴도치."

함께 차를 마신 후 문득 고슴도치가 나이팅게일에게 노래 한 곡 부르고 싶은지 물었다.

"그럼."

나이팅게일은 부리를 벌리고 약간 슬픈 노래를 부르기 시작했다.

고슴도치가 뺨에 흘러내리는 눈물을 느끼기까지는 그리 오래 걸리지 않았다.

이상했다. 아프지 않은데. 슬프지도 않은데……. 하지만 눈물은 계속 흘러내렸다.

나이팅게일이 노래를 끝내자 고슴도치는 탁자 아래로 기어 들어가서 눈물을 훔치고 나왔다. 나이팅게일에게 눈물을 보이기 싫었다.

그들은 차를 한 잔 더 마시고 헤어졌다. 나이팅게일은 어둠 속으로 사라졌다.

고슴도치는 그 후 오랫동안 혼자 어둠 속 탁자에 앉아 있었다. 정말 아름다웠어…….

이제 나이팅게일은 가고 없었기 때문에 고슴도치는 다시 눈물이 뺨을 따라 흘러내리길 바랐다. 그러나 그런 일은 일어나지 않았다.

그는 일어나서 종이에 글을 써서 거울 옆에 붙여 놓았다.

나는 아무것도 모른다, 그런데 '아무것도'가 뭔지도 모른다.

왜 이렇게 썼는지도 그는 알 수 없었다. 그리고 왜 거울 옆에 붙여 놓았는지도 몰랐다. 그가 아는 것이라곤 나는 아무것도 모른다는 사실뿐이었다.

머릿속에서 뭔가 삐걱거리는 소리가 들렸다. 나이팅게일 때문이야.

고슴도치는 있는 힘을 다해 자기가 아주 잘 아는 무언가를 생각해 냈다. 자고 싶다는 사실이었다. 침대로 들어가 담요를 몸 위로 끌어당기자 나이팅게일이 부르는 노래가 다시 들려왔다. 뺨으로 흘러내리는 눈물이 느껴졌다. 행복한 눈물이야. 이건 행복한 눈물이야.

40

고슴도치는 잠들지 못했다. 그의 상상 속에서 나이팅게일이 노래를 마치자 이번엔 해파리가 나타났다. 참 이상하네, 해파리는 생각도 해 본 적이 없는데!

파도를 타고 천천히 오르락내리락하는 해파리가 눈앞에 보였다. 해가 비치고, 멀리선 날치가 물 위로 뛰어오르고 있었다.

해파리는 고슴도치의 초대를 받았다. 기꺼이 가고 싶었다. 하지만 어떻게?

해파리는 주위를 둘러보았다. 해변까지 헤엄을 쳐야 할 거야.

그러려면 지느러미와 꼬리가 있어야 돼. 그런데 어떻게 하면 지느러미와 꼬리가 생기지?

그게 생긴다 해도 해변으로 헤엄쳐서 간 다음엔 어떻게 숲속으로 가지?

그는 계속 곰곰이 생각했다. 그러려면 날개가 있어야 돼. 하지만 어떻게? 그리고 숲속 어디로 가야 할지 어떻게 알지?

어떻게, 어떻게, 어떻게. 그는 계속 어떻게만 생각했다. 아침에 잠이 깨면 파도 속에서 생각했다. 내가 어떻게 깨어 있지? 밤에 자러 가고 싶을 땐 어떻게 잠이 들지? 앨버트로스나 돌고래가 되는 꿈은 어떻게 꾸지? 낮에 파도를 타고 있을 때면 한 가지만 생각했다. 어떻게 하면 행복해질 수 있지? 그는 행복하다고 느끼지 못했기 때문이다.

바람이 불자 해파리는 위아래로 일렁거렸다.

날개가 생긴다면, 날아갈 수 있다면, 고슴도치네 집에 날아서 간다면, 그럼 어디서 착륙해야 하지?

이제 그는 다리가 네 개 생긴 모습을 상상해 봤다. 하지만 어떻게 다리가 생겼지?

해파리는 외투도 정말 갖고 싶어 할지 모른다. 그중에서도 짙은 청색 외투. 그는 파란색을, 여름 바다 같은 파란색을 좋아했다. 파란 모자와 신발도 좋아했다. 신발을 신지 않으면, 한 번도 걸어 본 적 없는 그의 발이 날카로운 걸 밟을지도 모른다.

마침내 지느러미와 꼬리, 날개, 신발 네 켤레를 신은 다리 네 개,

짙은 파란 외투와 파란 모자를 가진 채 고슴도치네 집에 들어가면 그때는 어떻게 행동해야 하지? 만약 고슴도치가 그를 못 알아보면 무슨 말을 해야 하지? 나 해파리야. 내가 왔어⋯⋯. 고슴도치는 아, 당신이 해파리 씨군요! 그런데 여기 어떻게 오셨습니까? 하고 물을지도 모른다. 예, 어떻게 왔냐 하면⋯⋯. 그런 다음 어딘가 가서 앉아야 할 것이다. 고슴도치는 해파리에게 차를 마시고 싶은지 물을 것이다. 어떻게 마실지도 물을 것이다. 그런데 어떻게 해파리가 차를 마시고 싶은 거지?

해파리는 머리를 젓고 생각했다. 아니야, 가지 말아야겠어. 그런데 이걸 고슴도치에게 어떻게 알리지? 해파리는 곧장 물속으로 내려갔다가 다시 떠올랐다.

41

"고슴도치네 집에 가면 뭘 할까?" 느릿느릿 걸어가면서 달팽이가 거북이에게 물었다.

"모르겠어."

"모르겠어, 모르겠어…… 너는 아는 게 하나도 없어, 그렇지?" 달팽이는 그 자리에 멈춰 섰다. "고슴도치네 집에 가는데, 가서는 뭘 할지도 몰라. 어떻게 그럴 수 있니! 너는 네가 진짜로 누군지는 알아?"

"아니."

"무식쟁이. 네게 줄무늬가 있으면 줄무늬 무식쟁이겠지."

"난 줄무늬가 없어."

"가진 게 아무것도 없는 거겠지."

거북이는 땅바닥을 내려다보며 말했다. "아마 우린 춤을 출 거야."

"춤!" 달팽이가 외쳤다. 그의 더듬이가 불처럼 붉어졌다. "누구하고? 분명 고래겠지……."

"글쎄." 거북이가 작게 대답했다. "우리 둘이 함께."

잠시 침묵이 흘렀다. 달팽이는 곰곰이 생각했다. "넌 또 즉흥적으로 생각하기 시작하는구나……." 달팽이가 투덜댔다.

하지만 잠시 후 둘은 아주 조심스럽게 그리고 아주 천천히 함께 춤을 췄다. 준비도 하지 않고 고슴도치네 집에 갈 수는 없었다.

그들은 서로에게 부딪히고 걸려 넘어지며 몇 번이나 "아야" 하고 소리를 질렀다. 그러다가 결국 움직이지 않고 그냥 가만히 서 있기로 했다.

"안 되겠다." 거북이가 말했다.

"이거 봐!" 달팽이는 눈물이 터질 것 같았다. 하지만 간신히 감정을 추스렀다.

"고슴도치가 춤을 추자고 하면, 우리는 움직이지 않고 가만있는 길 더 좋아한다고 하자." 거북이가 말했다.

"움직이지 않고 가만있는 것도 춤이라고 하면 어때." 달팽이가 대꾸했다. "멈춤, 그렇게 부르는 거야."

그들은 잠시 계속 그렇게 서 있었다. 그리고 서로를 놓아주었다. 거북이는 다시 걷기 시작했지만 달팽이는 계속 서 있었다.

"우리가 지금 고슴도치네 집에 도착했다고 치자." 달팽이는 그들이 걷던 길을 따라 나 있는, 가시가 돋은 날카로운 풀 줄기를 가리켰다. "저게 고슴도치야. 안녕, 고슴도치야. 우리가 왔어. 얘는 거북이고. 내가 누군진 알지? 달팽이야. 우린 춤을 추러 왔어. 천천히 멈추는 멈춤."

"우리 그만 가자." 거북이가 말했다.

"넌 정말 재미없어!" 달팽이가 외쳤다. "우린 방금 도착했잖아!"

42

고슴도치는 침대에 누워 눈을 감았다. 그러고는 방문을 원하는 동물들을 계속 떠올려 보았다.

이른 저녁이었다. 동물들이 숲속 나무들 사이에서 나타났다. 하지만 그들은 거리를 두고 서 있었다.

"고슴도치야!" 그들이 외쳤다. "초대를 받고 왔어. 그런데 우리는 네가 무서워!"

고슴도치는 문 앞에 서 있었다. 집은 장식 줄과 종이 전등으로 꾸며 놓았고 어디든지 케이크가 놓여 있었다.

고슴도치는 그들이 오길 기다리고 있었던 것이다.

"무서워할 필요 없어." 고슴도치가 크게 외쳤다. "전혀 무서워하지 않아도 돼."

"그렇지만 우리는 무서워. 네 가시가……."

그들은 가까이 오지 않았다.

그러자 고슴도치는 방에 있던 종이 전등을 하나하나 가시 끝에 매달았다. 그러고는 다시 밖으로 나갔다. 종이 등 수백 개가 이리저리 흔들리며 주변 나무와 덤불을 밝혀 주었다.

"아직도 무섭니?" 고슴도치가 외쳤다.

동물들이 한 걸음씩 가까이 다가왔다.

그러나 제일 가까이 온 동물에게 등불이 옮겨 붙었고 그만 불이 붙은 채 날아가 버렸다. 잠시 후엔 모두가 불에 타 버렸다. 고슴도치는 비명을 지르며 활활 타오르는 횃불처럼 집 안으로 달려 들어갔다.

밤이었다. 지붕으로 비가 떨어지는 소리가 들렸다. 고슴도치는 놀라서 잠이 깼다.

꿈이었구나. 그는 침대 끝에 앉아 생각했다. 왜 나는 꿈을 꾸지 않고는 잠을 못 자는 걸까?

나도 내가 무서운가 봐, 이 가시들 때문에…….

가시들은 참 이상해, 겁을 주잖아!

고슴도치는 담요 안으로 기어 들어갔다. 편지를 보내야 할지 말아야 할지 아직도 알 수 없었다.

고슴도치의 소원

나는 이상해, 겁을 주고, 외롭고, 자신감도 없어. 내겐 가시만 있어. 그리고 누군가 나를 찾아와 주길 원하면서 또 누군가 오는 걸 원하지 않아…….

나는 대체 어떤 동물이지!

고슴도치는 잠자리에 들었다.

고슴도치의 소원

43

다음 날 아침, 잠에서 깼을 때, 고슴도치는 왕풍뎅이야말로 분명히 올 거라는 생각이 들었다.

왕풍뎅이가 날아오는 모습이 보였다.

"여기 좋다, 고슴도치야!" 왕풍뎅이가 멀리서 외쳤다.

"안녕, 왕풍뎅이야." 왕풍뎅이가 도착하자 고슴도치가 인사를 했다.

그들은 안으로 들어갔다. 왕풍뎅이가 빛을 내며 주위를 둘러보았다.

"여기 참 아늑하다, 고슴도치야."

"그렇게 생각 해?"

"난 어디든지 아늑하다고 생각하지만, 여기가 제일 아늑해."

그는 자리에 앉으며 계속 이야기했다. "한 번이라도 여기처럼 아늑한 적이 있었는지 기억도 안 나."

고슴도치는 차를 끓였다.

그동안 왕풍뎅이는 고슴도치 뒤에 서서 그가 전에 가 본 동물들 집에 대해 이야기해 주었다.

조금씩 차이는 있었지만, 누구네 집이든 아늑하다고 했다. 그러고는 누구네 집이 어떤 점에서 더 아늑했는지 설명해 주었다.

"그래도 여기가 다른 어디보다 더 아늑해." 마지막으로 그가 말했다. "이것만은 분명히 해 두자, 고슴도치야!"

"그래." 고슴도치는 고개를 끄덕이며 창가에 찻잔을 내려놓고 차를 따랐다.

그들은 차를 마셨고 왕풍뎅이는 도착하자마자 여기가 얼마나 아늑했으며 계속해서 어떻게 더 아늑해졌는지 이야기했다.

"믿을 수 없을 정도야." 왕풍뎅이가 이렇게 말하며 벌떡 일어나다가 탁자를 쓰러뜨렸다. 그러자 컵들이 바닥에 떨어지며 깨졌고 뜨거운 차가 고슴도치에게 튀었다.

"여기가 이렇게 아늑할지 몰랐어!"

왕풍뎅이는 진심으로 기뻐하며 고슴도치의 어깨를 세게 쳤다. 하지만 "아야." 하고는 다시 앉았다. 그는 손에서 가시를 하나 뽑아내고 꾹 참더니 이렇게 심한 고통도 편안하게 느껴진다고 했다.

고슴도치는 편안한 고통 같은 건 한 번도 들어 본 적이 없었다.

왕풍뎅이는 모든 것이, 심지어 슬픔이나 절망조차도 편안할 수 있다고 했다.

"절망적인 상태에서도 얼마나 편안할 수 있는지 모르지!" 피가 흐르는 손을 흔들면서 그가 외쳤다.

고슴도치는 고개를 끄덕였다. 외로움도 편안할 수 있을지 궁금했다. 그러나 입 밖으로 소리 내 말하진 않았다.

왕풍뎅이는 차를 다 마시더니 몸을 기울여 찻잔 안을 들여다보며 잠시 깊은 생각에 빠진 듯했다. "솔직히 말하면 이 세상에 존재하는 동물들 중에서 네가 제일 편안해, 고슴도치야."

"내가?" 고슴도치는 눈을 똥그랗게 뜨고 왕풍뎅이를 쳐다보며 되물었다.

"그래, 너! 우리 춤추자."

그는 벌떡 일어나서 고슴도치를 꽉 잡으려고 했다. 그러나 고슴도치는 탁자 아래로 기어 들어갔다.

왕풍뎅이는 실망했다. "그런데 지금까지 한 번도 이렇게 기분 좋게 실망해 본 적이 없어."

고슴도치는 탁자 아래서 숨을 멈추었다. 왕풍뎅이가 밖으로 나가면서, 누군가에겐 행복한 가을이고, 이제 비가 내려 더 행복해질 거라고 외치는 소리가 들렸다.

44

고슴도치는 방을 이리저리 걸으면서 그가 아는, 그리고 그를 찾아올 동물들을 끊임없이 생각했다. 그가 모르는 동물도, 그리고 아마 아주 오래전에 멸종해서 올 수 없을 동물들도 생각했다.

가장 느린 동물들이 떠올랐다.

고슴도치는 그렇게 몇 시간이고 방 안을 걸었다.

자기가 아는 동물들이 다 가시가 있다고 상상해 보았다.

모두 다 고슴도치네 집으로 왔다. 코끼리는 가시 때문에 나무에 올라갈 수 없었다. 가지마다에 걸렸기 때문이다. 곰의 가시에서는 조금 전까지 먹으면서 돌아다닌 케이크의 꿀이 흘러내렸다. 나비의 날개에도 가시가 돋아 있었다. 잉어와 메기는 물 위로 가시가 가득한 머리를 내밀다가 놀라서 서로를 바라보았다. 가시가 돋은 개미는 모든 걸 알고 있었다. 두더지는 자기 가시 위에 지렁이를 얹어 놓고 장난을 쳤다. 부엉이의 가시들은 서로 편지를 쓰고 있었다. 달팽이의 등엔 가시 집이 있었다.

그들 모두 가시가 있었고, 그들 모두 고슴도치를 찾아왔다.

"고슴도치야! 고슴도치야!" 그들이 외쳤다. 수천 마리는 될 것 같았다. 가시 달린 기러기가 날아 내려왔고, 가시 쥐도 달려왔다. 가시 달린 박새는 창문을 톡톡 두드렸다.

고슴도치는 평소처럼 나한테 가시가 없다면 하고 생각하고 있었다.

"고슴도치야! 고슴도치야!" 그들이 다시 외쳤다.

그는 문을 열고 현관에 섰다. 떠오르는 햇빛을 받은 그의 몸에선 빛이 나고 윤기가 흘렀다.

고슴도치는 이 세상에서 가시가 없는 유일한 동물이었다.

그들은 눈을 크게 뜨고 고슴도치를 바라보았다.

"이럴 수가……." 그들이 중얼거렸다.

몇몇은 겁이 나서 도망갔고 몇몇은 무릎을 꿇고 쓰러셨으며, 몇몇은 손으로 얼굴을 가린 채 작게 속삭였다. "고슴도치야, 고슴도치야, 무슨 짓을 한 거니……."

아무도 고슴도치 가까이 오지 않았다.

"너희, 우리 집에 들어올 거지?"

"이젠 아니야." 그들이 외쳤다.

"차도 있고 케이크도 아주 많아." 몇몇은 망설였지만, 갈색 가시가 달린 곰은 고슴도치에게 한 걸음 다가서려 하는 것 같았다.

결국은 아무도 가까이 오지 않았다. 고슴도치와 뭘 해야 할지 모르겠다고, 몸에 돋은 이상한 가시 때문에 작고 약해진 것 같다고 했다. 그러더니 모두 숲속이나 강으로 사라지거나 땅속으로 기어 들어갔다.

고슴도치는 다시 집 안으로 들어갔다.

조심스럽게 등을 만져 보았다. 다시 가시가 생겼어. 고슴도치는 떠나는 동물들에게 외치고 싶었다. "나도 너희와 똑같아! 내게도 가시가 있어!" 하지만 이미 그의 목소리가 들리지 않는 것 같았다.

고슴도치는 탁자에 앉아 조용히 말했다. "아무도 날 무서워할 필요 없는데." 동물들 모두 자기 말을 믿어 주길 바랐다.

고슴도치는 팔을 베고 잠이 들었다.

고슴도치의 소원

45

오래지 않아 고슴도치는 놀라 잠에서 깼다.

얼마나 잔 거지? 며칠은 지난 것 같아. 어쩌면 겨울 내내 잤을지도 몰라. 나는 늘 잠만 자는 것 같아⋯⋯.

하지만 창밖으로 나무에서 떨어지는 나뭇잎들이 보였다. 아직 가을이구나⋯⋯.

그는 창가에 서서 달팽이와 거북이를 생각했다. 만약 내가 편지를 보냈다면 아직 오고 있는 중이겠지.

그는 눈을 감았다. 달팽이가 중얼거리는 소리가 들리는 것 같았다.

"고슴도치는 도대체 왜 우리를 초대한 거지?"

거북이는 대답이 없었다.

"왜 자기 자신을 초대하지 않은 거야? 그랬다면 그가 그를 찾아오면 되는데."

"어떻게?"

"어떻게 뭐?"

"어떻게 자기 자신을 방문할 수 있어?"

"내가 어떻게 알아? 또 시작이다. 이건 어떻게, 저건 어떻게……
지금 고슴도치네 집에 가는 게 아니잖아?"

"가고 있어."

"가고 있다니?"

"우리 지금 고슴도치네 집에 가고 있어. 너도 가고 있는 거야."

"그럼 더 잘됐네."

"그런 거지."

"그런 거라, 그런 거……. 넌 맨날 그런 거라고 말해……. 왜 그냥
조용히 있지 못하니?"

달팽이가 잠시 깊이 생각하더니 물었다. "그런데 넌 왜 집이 없는
거야?"

"난 등껍데기가 있어."

"등껍데기! 그래! 등껍데기가 있지! 이야기 하나 해 줄까?"

"뭔데?"

"누구에게나 등껍데기가 있어."

고슴도치의 소원

"아니야."

"어, 아니라고? 누가 없는데?"

거북이는 잠시 깊이 생각하더니 조용히 말했다. "코끼리."

"코끼리!" 달팽이가 외쳤다. "코끼리의 등가죽은 엄청나지만, 집은 없네!"

"맞아, 집은 없어." 거북이가 대꾸했다. 계속 가고 싶었다.

"이제 알았지!" 달팽이가 외치고는 개선장군처럼 주위를 둘러보았다. "그에겐 집이 없어. 내 말이 맞아."

그는 조금 앞으로 미끄러져 가다가 다시 멈추었다.

창가에서 고슴도치가 눈을 뜨고 생각했다. 그들에게 편지를 보내야 되겠어.

달팽이와 거북이에게

초대 편지를 받아도 우리 집에 올 필요는 없어. 그래도 너희를 나쁘게 생각하지 않을 거야.

내가 한번 갈게 지금 당장은 아니지만 인젠가는.

고슴도치가

고슴도치는 뒷통수를 긁적였다. 달팽이가 이렇게 중얼거리는 소리가 들리는 것만 같았다. "……필요 없어, 필요 없어…… 또 필요 없다고 했어……." 달팽이는 아마 정말로 화를 낼 것이다. 그러고는 누구보다도 먼저 오고 싶어 거북이를 남겨 둔 채 뛰기 시작할 것이다. 지금 당장이라도 들이닥칠 것만 같았다.

고슴도치는 어쨌든 편지를 보내지 않기로 하고 눈을 감았다. 그러자 그들이 다시 눈앞에 보이는 듯했다. 느릿느릿 걷다가 멈추다가 투덜거리면서도 서로 떨어질 수 없는 그들이.

고슴도치의 소원

46

이제 고슴도치는 누구보다도 빨리 달리는 들소를 생각했다. 아마 올 수 있을 거야.

멀리 초원에 들소가 보였다. 앞으로 편지 한 장이 날아와 떨어졌다.

편지! 들소는 한 번도 편지를 받은 적이 없었다. 고슴도치의 초대장이었다…… 고슴도치!

들소는 감격했다. 풀을 뜯어 먹다가 곧장 숲을 향해 뛰기 시작했다.

고슴도치네 집에 간다! 고슴도치는 과연 어떻게 생겼을까? 들소는 고슴도치에 대해 아는 게 없었다. 어쩌면 뛰어다니는 걸 좋아할 거야. 초원에서 풀 뜯어 먹는 걸 좋아할지도 모르지. 그렇지만 한 번도 초원에 와 본 적이 없을지도 몰라.

들소는 최대한 빨리 뛰었다. 어쩌면 고슴도치를 데리고 초원으로 돌아올 수 있을지도 모른다. 함께 초원을 뛰어다니며 풀을 뜯어 먹을 것이다. 둘 다 너무나 외로우니까…….

파란 하늘 아래 서서 초원의 풀 내음을 맡고 있으면 함께 춤을 추는 것처럼 보일지도 모른다. 머리 위 저 높이, 항상 태양이 둥실 떠 있는 파란 산맥 정상에서 둘은 행복할 것이다.

들소는 며칠 동안 뛰었다. 어쩌면 고슴도치는 초원에서 태어났을지도 몰라. 그런데 그 사실을 기억 못하는 거야. 어딘가에서 왔을 테지만 그게 어디인지 잊어버린 거야. 아마 언젠가 하늘에서 떨어진 걸지도 모른다. 떨어지기 전엔 별들을 스치며 하늘을 가로질러 뛰어다녔을 것이다……. 그래서 그에겐 밤하늘이 친근할 것이다.

들소는 습지를 헤치면서 걷고, 수풀과 작은 나무 사이를 뛰었다. 강을 헤엄쳐 건너고 숲 첫 번째 나무에 부딪혔다. 고슴도치에게 거의 다 왔다! 그들은 친구가 될 것이다. 고슴도치가 더 빨리 뛸지도 모른다. 그렇지만 둘 중 하나가 숨이 차면 상대를 기다려 줄 것이다. 그리고 가장 맛있는 풀을 서로에게 권할 것이다.

들소는 멈추지 않고 더 빨리 달렸다. "고슴도치야! 고슴도치야!" 숲 공터를 지났다. 저기 있는 집, 저 집이 바로 고슴도치네 집이야.

하지만 그는 속도를 줄이지 못했고, 그대로 뛰어들어 힘차게 현관을 뚫고는 집 안을 가로질러 집 뒤편에서야 멈출 수 있었다.

"고슴도치야! 내가 왔어! 나 들소야! 같이 초원으로 갈래?" 들소 는 이렇게 외치며 벽에 난 구멍을 돌아보았다. 고슴도치는 들소의 등을 꽉 붙들고 간신히 매달려 이리저리 흔들리고 있었다.

47

이제 고슴도치는 뱀잡이수리를 생각했다. 뱀잡이수리도 초원에 살고 있었다. 고슴도치의 초대를 받으면 답장은 쓰겠지만 직접 오지는 않을 것이다. 절대 오지는 않을 것이다. 고슴도치는 잠시 헛기침을 했다. 뱀잡이수리는 직접이라는 말도 몰라. 개미가 언젠가 고슴도치에게 말해 주었다.

고슴도치는 눈을 감았다. 편지 한 장이 열린 창문으로 날아 들어와 한 바퀴 돌더니 탁자 위에 가볍게 내려앉았다.

고슴도치는 편지를 밝은 곳으로 가져가 읽어 보았다.

마음을 울리는 편지였다. 단어들은 부드럽고 아름다웠다. 단어들은 그들이 어떻게 지내는지 그리고 읽히는 걸 얼마나 좋아하는지 알려 주었다. 단어들은 기꺼이 고슴도치를 찾아왔고, 환영받기를 바랐다.

고슴도치는 단어 하나하나를 천천히 그리고 조심스럽게 읽어 내려갔다. 어떤 단어는 서너 번씩 읽었다.

편지를 다 읽고 고슴도치는 생각했다. 단어들에게 뭔가 대접해야겠지? 그렇지만 단어들에겐 뭘 어떻게 대접하지? 뭘 좋아할까? 차와 케이크는 안 좋아할 텐데.

머리 뒤 가시를 긁적이던 고슴도치는 문득 생각했다. 관심일 거야, 단어는 관심을 좋아할 거야.

고슴도치는 할 수 있는 한 모든 관심을 단어들에게 보여 주었다. 그리고 다시 한 번 읽어 주었다. 단어들은 더욱더 아름다워지고 흥미로워졌다.

그들은 심지어, 의자에 앉아 있던 고슴도치를 들어올리더니 방 안을 빙빙 돌며 춤을 추기 시작했다. 그러고는 목덜미에 매달려 가시 사이를 간지럽히고 아파하면서도 조심스럽게 가시에 입을 맞추었다.

조심스럽게 고른 단어들이었고, 하나하니 특별했다.

지금까지 중 가장 멋진 방문이었다.

"답장해……." 단어들이 조용히 속삭였다. "꼭……."

그 순간 단어들은 사라졌고 책상 위에는 백지 한 장만 놓여 있었다.

고슴도치는 눈을 떴다. 편지를 써야겠어.

그는 종이를 당겨 편지를 쓰기 시작했다.

친애하는 뱀잡이수리님께

조만간 저에게 편지를 써 주실 것을 청하고자 이 편지를 보냅니다. 모음이 많은 단어 하나면 충분합니다. 제가 아직 잘 모르고, 이해하기 위해 여러번 읽어야만 하는 희귀한 단어로 부탁드립니다.

그렇지만 당신은 그런 편지를 써 주시지 않을 거라고 생각합니다.

왜냐하면, 그렇지 않으면……

고슴도치는 더 이상 뭐라고 써야 할지 몰라 펜을 내려놓았다.

다시 눈을 떴다.

편지 하나가 열린 창문을 통해 바람에 날려 들어왔다.

뱀잡이수리가 보낸 거야!

그는 재빨리 편지를 열고 읽어 보았다.

보고 싶은 고슴도치에게

그렇지 않으면…… 그리고 뭐?

더는 아무 말도 없었다.

고슴도치는 탁자 위에 놓인 편지에 이마를 누르며 생각했다. 아
마 불확신일 거야. 개미조차도 그게 뭔지 모를 거야.

48

고슴도치는 고개를 젓고 자세를 고쳐 앉아 초대받으면 정말 올 것 같은 동물만 생각하기로 마음 먹었다.

세상 반대편에 살고 숲에는 한 번도 가 본 적 없는 미어캣이 보였다.

"네가 고슴도치니?"

"응."

"네 초대를 받고 왔어. 한 번도 누구네 집에 가 본 적이 없는데, 뭘 해야 하지?"

"들어와."

"그렇게 해야 돼?"

고슴도치는 고개를 끄덕였다. 미어캣이 집으로 들어왔다.

고슴도치의 소원

"앉아."

"그렇게 해야 돼?" 미어캣이 불안하게 주위를 두리번거렸다.

고슴도치는 고개를 다시 끄덕이며 의자를 가리켰다.

"저기 앉아야 돼?"

"바닥에 앉아도 돼."

미어캣은 바닥에 앉았다.

"그럼 이제는?"

"차 마실래?"

"그렇게 해야 돼?"

"아니. 꼭 그래야만 하는 건 아니야."

"그럼 뭘 해야 되니?"

"글쎄, 사실 그런 건 없어."

"그럼 뭣 때문에 방문이란 걸 하니?"

어려운 질문이었다.

"모르겠어."

"어딘가 소용이 있는 거야?"

고슴도치는 한참을 깊이 생각하고 대답했다. "조금만 있으면 즐거워질 거야."

"그럼 지금은 아직 즐거운 게 아니야?"

고슴도치는 대답하지 않았다.

"모르니?"

고슴도치는 계속 대답이 없었다. 한참 동안 그들은 아무 말 없이 함께 앉아 있었다.

미어캣은 마지막 질문에 대한 대답을 기다렸다. 하지만 대답이 없자 물었다. "방문이 거의 끝난 거니?"

"응."

"지금?"

"응, 지금."

미어캣은 일어나서 밖으로 나갔다. 그리고 몇 걸음 걷더니 뒤돌아보며 말했다. "앞으론 연락이 안 될 거야. 편지를 보내든 또 다른 방법으로 초대하든 마찬가지야."

"알았어. 안녕, 미어캣."

그러나 미어캣은 이미 덤불 속으로 사라져 고슴도치의 인사를 듣지 못했다.

49

어느 날 아침 예고도 없이 긴꼬리꿩이 성큼성큼 들어올지도 몰라. 햇빛이 날개 끝에 닿도록 창문 앞에 뻐딱하게 선 채 깃털은 곧게 세우고. 눈빛은 차갑겠지. 나를 자세히 살펴보기 위해서라고 할 거야.

긴꼬리꿩이 올 줄 알았다면, 세심하게 집을 청소하고 몸과 가시 하나하나를 씻고 닦았을 것이다.

그럼 모든 것이 반짝거렸을 텐데. 우연히 집 앞을 지나가던 동물들은 창에 반사되는 햇빛에 눈이 부셔 걸음을 재촉했을 텐데.

그렇게 긴꼬리꿩을 맞이했어야 하는데.

그러나 아무 소용 없었을 것이다.

긴꼬리꿩은 안쓰러운 듯 고개를 저으며 "불쌍한 고슴도치야."라고 했을 것이다. 그렇다, 그렇게 말했을 것이다. 그러고는 가볍게 의자에 뛰어올라가선 길게 목을 빼고 찬장을 바라볼 것이다.

"이것 보라니까……." 그는 고슴도치를 가까이 오라고 부른 다음 찬장 위 먼지를 보여 줄 것이다.

"이게 네 단점이야, 고슴도치." 그는 이렇게 말하곤 바닥으로 뛰어 내릴 것이다.

그러곤 더는 한마디도 하지 않고 턱을 치켜든 채 위엄 있게 걸어 나갈 것이다.

내가 사정해도 돌아오지 않을 거야. 고슴도치는 생각했다. 그에게 난 존재하지조차 않을 거야.

고슴도치는 이마를 찡그리고 가시를 모두 세웠다.

긴꼬리꿩이 다시 와서 먼지 한 톨을 발견하고 턱을 치켜든 채 위엄 있게 걸어 나가면, 그리고 고슴도치에게 충분한 용기가 있다면, 떠나는 긴꼬리꿩의 등에 대고 외칠 것이다. "긴꼬리꿩!" 그럼 긴꼬리꿩이 걸음을 멈추고 피곤한 눈길을 그의 부드러운 어깨 너머로 던질 것이다. 턱뿐만 아니라 눈썹도 추어올릴 것이다.

"너야말로 실패작이야!" 고슴도치는 이렇게 외칠 것이다.

그가 낼 수 있는 가장 높은 목소리로.

하지만 아무 소용 없을 거야. 고슴도치는 생각했다. 그래도 충분

고슴도치의 소원

히 만족스럽긴 하겠지.

만족…… 나는 무엇에 만족할 수 있을까? 그는 이제 긴꼬리꿩에 대해선 잊었다. 고슴도치는 주위를 둘러보았다. 낡고 먼지 쌓인, 그리고 편지를 보내면 동물들이 찾아올 집 안을. 만족스러운 것은 하나도 발견할 수 없었다. 하지만 문득 생각났다.

난 내 가시가 만족스러워! 물론이지!

가시에 대한 자부심으로 가슴이 부풀어 오는 느낌이었다.

그들을 초대하자. 고슴도치는 생각했다.

50

고슴도치가 방 안을 이리저리 걸을 때였다. 파도 부서지는 소리와 누군가 격노하는 소리의 중간쯤 되는 요란한 소리가 갑자기 들려왔다.

고래야. 고슴도치는 생각했다. 고래는 어디든 갈 수 있지.

도토리나무 꼭대기 위로 높이 날아오는 고래가 보였다.

그가 내려다보며 외쳤다.

"여기 고슴도치가 사니?"

동물들은 머리를 높이 쳐들고 큰 소리로 대답했다. "안녕, 고래야. 너도 초대받았니? 걔는 저쪽에 살아." 동물들은 고슴도치네 집 쪽을 가리켰다.

"다들 고슴도치네 집에 다녀왔니?"

고슴도치의 소원

"아니. 우리도 지금 가는 중이야."

고래는 조심스럽게 내려와 고슴도치네 집 앞 공중에 멈췄다.

"여기 내려앉아도 되니?" 그가 큰 소리로 물었다.

고슴도치는 고래의 말을 듣고 밖으로 나왔다. 내려앉는다…….
그가 대답했다. "잘 모르겠어."

"그럼 여기 계속 떠 있어야 되니?"

"그래야 될 것 같아."

고슴도치는 안으로 들어갔다가 잠시 후 찻잔과 생크림 케이크 조
각, 짭짤한 물을 가지고 나왔다. 고래는 여기까지 오는 데 오래 걸려
서 목이 마르고 배가 고팠다.

고래는 이따금 한숨을 쉬었다. "떠 있는 게 헤엄치는 것보다 힘
들다."

"어디 좀 기대서 쉴래?"

"그러고 싶은데……."

고슴도치가 탁자를 밖으로 끌어내자 고래는 그 위에 살짝 내려
앉았다. "조금 나은데."

고슴도치는 고래를 위해 뭔가 해 줄 수 있어 기뻤다.

고래는 창문으로 안을 뚫어지게 들여다보았다. "바다에 와서 살래?"

"모르겠어." 고슴도치는 그런 건 생각해 본 적이 없었다.

"모두 다 바다에 살았으면 좋겠어." 고래가 한숨을 쉬었다. "기린, 귀뚜라미, 개미……. 정말 즐거울 거야……. 우리 모두 서로를 방문하고…… 파티도 열고…… 내 분수 주변에서 가면무도회를 여는 거야……."

그는 꼬리를 들어올렸다. "맞아. 잊어버릴 뻔했네. 너 주려고 뭘 가져왔어."

"날 주려고?" 고슴도치는 당황했다.

"응."

작은 분수대였다.

고래는 고슴도치 등의 가장 앞쪽 가시들 사이에 분수대를 고정하고 물을 틀었다.

물이 솟아올라 고슴도치의 등을 따라 흘러내렸다.

멋진 광경이었다. 그렇지만 고슴도치는 자기가 정말 기쁜지 알 수 없었다.

"어떻게 잠그니?" 고슴도치가 물었다.

"저절로 잠겨."

고슴도치 집 주변 숲이 점점 물에 잠겼다. 고래가 기대 있던 탁자는 둥둥 떠올랐고 잠시 후 고래는 헤엄을 치며 집으로 들어왔다.

"내가 말한 게 바로 이거야." 그가 활짝 웃으며 말했다. "모두 바

다에서 살아야 돼."

"무슨 일이야?" 여기저기서 외치는 소리가 들렸다.

몇몇은 무슨 일이 벌어졌는지 깨달았다.

고슴도치에게 분수가 생겼어. 이런, 못 잠그는 거야? 그런 것 같아. 이런.

그사이 고래는 다시 문밖으로 나갔다. 그리고 바다로 헤엄쳐 갔다. "즐거웠어, 고슴도치야!" 그가 큰 소리로 말했다. "이상한 방문이었지?"

"응." 고슴도치가 대답했다.

"너도 한번 올래? 우리 함께 이상한 방문을 또 즐기는 거야!"

고슴도치는 간신히 머리를 물 위로 내놓았지만 대답은 할 수 없었다.

51

고슴도치는 창가에 앉아서 나무 사이로 피어오르는 짙은 안개를 바라보았다. 다들 특별한 걸 기대할 거야. 수백 가지 케이크와 차로 가득한 탁자와 멋진 환영곡을 불러 주는 합창단 같은 것을. 안으로 들어와서 주위를 둘러보자마자 실망할 거야. "우리 여기서 뭘 하는 거지? 이런 걸 초대라고 한 거야? 이런 건 초대가 아니야." 나를 밀어 넘어뜨리고 내가 구운 겨자 케이크도 창문 밖으로 던져 버리고, 화를 내고 또 화를 내고 또 화를 낼지도 몰라.

그럼 나도 화가 나겠지. 고슴노지는 심장이 쿵쾅거렸다. 아마 저 깊은 곳 어디에선가 분노가 치밀어 오를 거야. 그러면 이렇게 외칠 거야. "그런데 너흰 올 필요도 없었잖아?" 내 가시들은 이미 뾰족하게 서 있을 거야.

"가시들은 내가 어떻게 할 수 있는 게 아냐." 눈에서는 눈물이, 분노의 눈물이 흐르겠지. 내가 코끼리의 코를 쥐고 멀리 던지기를 하듯 창문 밖으로 던져 버리면 그는 도토리나무에 부딪혀서 "으악!" 하고 비명을 지르겠지. 그럼 나는 "아, 미안해, 코끼리야. 그렇지만 나도 정말 화가 났거든……"이라고 하는 거야. 그다음에 기린은 뿔을, 곰은 귀를, 메기와 잉어는 꼬리를, 귀뚜라미는 더듬이를, 개구리는 바람 주머니를 잡고 멀리 던져 버리는 거야. 다들 나무에 매달리거나 강물을 타고 바다로 흘러가겠지. 그들이 후회하면서 "고슴도치야, 고슴도치야…… 너 왜 이래……."라고 하면 난 "상관없어." 하고 대답할 거야.

하지만 곧 문 앞 풀밭에 앉아 흐느끼며 후회하겠지. "난 최선을 다했어……." 화 같은 건 절대 내고 싶지 않았는데도 화가 나는 걸 어떡해.

분노는 불필요한 악이라고 언젠가 개미가 말한 적이 있었다. 개미는 절대 화를 내지 않는다. 그리고 화 같은 건 내지 말라고 모두에게 충고한다. 화를 낼 상황이 닥쳐도 투덜거리기만 하고 그냥 가 버린다. 어떤 상황이냐고 고슴도치가 큰 소리로 물어봐도 개미는 듣지 않았다.

그들이 나를 용서해 줄까? 고슴도치는 생각했다. 아니, 내가 백

번을 초대해도, 집을 다시 꾸며도, 케이크가 수백 개 있고 합창단을
둘이나 준비해도, 다시는 우리 집에 안 올 거야.

고슴도치는 한숨을 쉬었다.

아니야, 아무리 해도 안 될 거야. 동물들은 실망해서 탁자와 의
자, 침대 그리고 나까지 창밖으로 던져 버릴 거야. 그러고 나면 화는
더 이상 안 낼 거야. 그렇지만 나는 아무도 찾아오지 않던 예전처럼
아쉬워하겠지.

고슴도치는 그렇게 창가 의자에 앉아 깊은 생각에 잠겼다. 편지
를 보내야 할지 말아야 할지 여전히 알 수 없었다. 그렇지만 마침내
뭔가 알게 된다 해도 다시 모르게 되기까지 그리 오래 걸리지 않을
거라는 사실만은 잘 알 수 있었다.

안개가 더 짙어졌다.

고슴도치는 창문을 약간 열었다.

아무 소리도 들리지 않았다.

숲속은 가을이었다. 아니, 거의 겨울이었다.

52

고슴도치는 목을 가다듬고 창문을 닫았다. 그러고는 다시 찾아올 만한 동물들을 떠올려 보았다.

쥐가 생각났다. 쥐는 그의 초대를 어떻게 생각할까? 어쩌면 지난 몇 년 동안 받은 모든 초대와 이번 초대를 철저히 비교 연구할지도 몰라.

검은 외투를 입고 작고 붉은 보타이를 맨 쥐가 찾아오는 모습이 벌써 보이는 듯했다. 쥐가 초대를 받아들인 것이다.

"안녕, 고슴도치야." 그가 멀리서부터 외쳤다. "다 준비됐니?"

"안녕, 쥐야." 쥐가 그의 앞에 서자 고슴도치가 말했다. "준비라니, 무슨 준비?"

"설명 들을 준비."

"뭘 설명해 주려고?"

"너를 방문하는 걸 다른 방문과 비교해 볼 거야. 네가 나를 초대했잖아? 그렇다면 나는 내 방문에 대해 설명해야겠지? 짧게 할게. 간략히 요약해서."

고슴도치는 아무 대답도 하지 않았다.

쥐는 안으로 들어와 주위를 둘러보았다. "저기, 탁자." 쥐가 가리켰다.

고슴도치가 탁자를 옆으로 밀었다.

"그리고 의자들은 저리로."

고슴도치가 의자들을 다른 쪽으로 밀었다.

"가서 앉아, 가서 앉아. 마음 편하게 있어."

고슴도치는 앉았고 쥐는 탁자 위로 올라갔다. 그를 둘러싼 외투가 흔들렸다.

"친애하는 참석자 여러분……." 그가 설명을 시작했다.

고슴도치는 주위를 둘러보았다. 그가 유일한 참석자였다.

쥐가 차를 마시지는 않을까? 고슴도치는 궁금했지만 묻지 않는게 나을 것 같았다.

쥐는 목청을 가다듬고 방문의 여러 측면에 대해 이야기했다. 반짝이는 밝은 면, 피할 수조차 없는 어두운 면, 방문에 대한 심각한 오해, 조심할 점, 높은 기대에 이어 새로운 점과 놀라운 점을 계속 늘어놓았다. 그는 몇 가지 특별한 예를 들어 가며 자기 논점을 분명하게 이야기했다. 화가 나서 집으로 돌아간 다음 용기를 모두 잃어버린 손님들, 특별히 예의 없이 행동한 손님들, 이유도 없이 흐느끼거나 울음을 터뜨리고 옷을 찢어서 몸을 드러내는 손님들. 그들 말고도 더 많은 예를 들었다.

이야기가 끝나고 질문 시간이 되었다.

고슴도치는 차를 마시고 싶은지 물었다.

"당신이 할 수 있는 흥미로운 질문 중 하나네요. 그리고 저도 기쁘게 대답해 드릴 수 있습니다. 네, 마시고 싶습니다. 감사합니다. 다른 질문 없습니까? 그렇다면 이것으로 저의 방문 설명을 마치겠습니다. 그리고 이로써 방문이 시작되었습니다. 감사합니다."

쥐는 사방으로 허리를 굽혀 인사하면서 이렇게 주목하는 청중은 처음이라 섬세하고 독특하면서도 겸손하게 방문 설명을 하려고 노력했다고 말했다. 그러고는 약간 망설이듯, 우쭐거리는 건 전혀 익숙하지 않다고 덧붙였다.

차가 준비되었다.

"피곤하실 것 같아요." 고슴도치가 말했다.

"아…… 피곤…… 그 이야긴 다음에 할게. 이야기할 게 아주 많거든……."

그는 뭔갈 물리치듯 손을 휘휘 저었다.

고슴도치는 그에게 궁금한 걸 전부 물어보고 싶었다. 하지만 쥐는 목을 가리키며 조용히 말했다. "목을 아껴야 돼." 고슴도치는 고개를 끄덕였다.

몇 시간 후, 고슴도치네 집에 있던 먹을 게 모두 바닥나자, 그리고 더는 침묵을 견디기 어려워지자 쥐는 집으로 돌아갔다.

53

오지 않을 게 분명한 쥐가 머릿속에서 사라지자 이번엔 부엉이가
나타났다. 그는 이렇게 편지를 썼다.

보고 싶은 고슴도치에게

초대해 줘서 고마워.

하지만 못 갈 것 같아.

걸림돌이 너무 많아. 너네 집에 가려는 나를 뭔가가 방해
한다는 말이야.

어둠. 나는 누군가 나를 보는 걸 원하지 않아.

차. 나는 차를 좋아하지 않아.

대화 주제. 나는 누군가 이야기하는 것에 대해 같이 이야기

고슴도치의 소원

하고 싶지 않아.

도착하고 떠날 때의 인사. 나는 인사 같은 건 잘 못해.

그런데 '존재'라는 것에 대해 어떻게 생각하니? 큰 것 같니 아니면 작은 것 같니?

요즘 나는 그것에 대해 생각하고 있단다.

네 생각을 알려 주겠니? 편지로 써 주면 좋겠어.

네 초대를 고맙게 생각하며.

부엉이가

고슴도치는 편지를 읽었다. 그리고 부엉이의 질문을 깊이 생각했다. 존재라는 건 큰 것 같니 아니면 작은 것 같니?

아마 작을 거야. 그는 생각했다. 아마 보이지 않을 정도로 작을 거야. 그래! 그래서 아무것도 못 봤던 거야. 존재, 삶, 행복…… 모두 너무너무 작아. 아무도 볼 수 없을 정도로!

그때 고슴도치는 언젠가 개미와 이야기한 적 있는 죽음이 떠올랐다.

죽음 역시 작아. 아마도 가장 작을 거야. 존재하는 것 중 가장 작고 보잘것없지.

시력이 부엉이처럼 좋다면, 그리고 엄청나게 노력하면, 삶과 행복은 볼 수 있을지도 몰라. 그렇지만 죽음은 여전히 볼 수 없을 거야. 그래서 우리는 죽음이 존재하지 않는다고 생각하는 거야. 개미 말이 맞아, 죽음이 존재한다고 단지 짐작만 할 수 있을 뿐이야.

짐작이라……. 고슴도치는 생각했다. 필요할 때, 필요할 때만 죽음은 존재하는 거야.

고슴도치는 몸을 떨었다. 개미는 어깨만 으쓱할 뿐이었다. 개미는 죽음을 이야기할 때면 항상 어깨만 으쓱했다. 죽음에 대해 생각할 필요 없어. 죽음은 어디에도 필요하지 않으니까. 개미는 목청을 가다듬고 걸어가 버렸다.

부엉이는 안 올 거야. 고슴도치가 생각했다. 그리고 더 이상 존재에 대해 생각하지 않기로 했다. 죽음은 절대로 생각하지 않기로 했다. 그런 일이 가능할지 모르겠지만.

54

내가 모두 초대했다면, 이미 모두 우리 집에 왔다가 돌아갔겠지.
아니면 안 온다거나 못 온다고 알렸을 거야. 하지만 달팽이와 거북
이는 여전히 오는 중이겠지.

그들이 다시 고슴도치의 눈앞에 나타났다. 거북이가 뒤를 돌아보
았다. 달팽이는 여전히 멈춰 있었다.

거북이가 한숨을 쉬더니 물었다. "내 등에 앉을래?"

"네 등에?" 달팽이가 눈을 동그랗게 치켜뜨며 소리쳤다.

"그럼 좀 더 빨리 갈 수 있을 거야."

"그런 다음에는? 굽은 길이 나오면 분명히 속도를 못 줄여서 중
심을 잃을 거야. 나는 네 등에서 날아가 나무에 세게 부딪히겠지.
그러면 내 집도 부서질 거야. 너는 분명, 너무 빨리 가서 미안하다고

하겠지. 일부러 그런 건 아니라고 말이야. 그렇지만 사실 의도적이었겠지, 거북아. 넌 항상 의도적이었으니까!"

"그런 일은 없을 거야."

"무슨 상관이야. 내 집이 조각나 버렸는데. 그리고 넌 조각을 맞춰 주겠다고 재빨리 말하겠지. 넌 항상 말이 빠르니까."

"그게 싫어?"

"너무해! 내가 무너진 집에서 살길 바라는 거야……? 서둘러라고 적힌 푯말까지 꽂아 줄 작정이지? 그게 내 집 이름이 되겠네. 그 푯말 옆에는 네 잘못이라고 적힌 푯말이 또 하나 세워져 있겠지."

거북이는 아무 말도 없었다.

"나는 내 속도대로 갈 거야." 달팽이가 말했다.

"멈춰 있겠다는 말이구나."

"멈춰 있는 것도 내 속도의 일부야."

그들은 한참 동안 서 있었다.

"이러면 거기 도착 못해." 거북이가 말했다.

"눈을 감으면 나는 벌써 거기 가 있어."

거북이는 잠시 곰곰 생각하다가 물었다.

"고슴도치가 보이니?"

"응."

"어떻게 생겼어?"

"회색 눈은 커다랗고 코는 길어."

"그건 코끼리잖아."

"코끼리, 코끼리…… 네가 생각하는 코끼리겠지……. 그럼 넌 고슴도치가 어떻게 생겼는지 알아?"

거북이는 잠시 곰곰 생각하다가 대답했다. "아니, 몰라. 어쨌든 우리는 조금 서둘러야 돼."

"서두른다고! 그래! 점점 멋있어지네! 차라리 총알처럼이라고 하지, 쏴서 죽이는 거……. 날아가는 건 어때, 그럼 넌 이미 거기 도착하고도 남았을 텐데."

"난 날개가 없잖아."

"그래, 날개도 있어야겠지…… 날개 달린 너…… 우습겠네!"

"어쨌든 난 날개가 없어……. 아니면 우리 그냥 돌아갈까?"

"돌아간다…… 너나 돌아가……. 도대체 넌 말하기 전에 왜 생각이란 걸 안 하는 거야?" 달팽이는 헛기침을 하고 계속 말을 이었다. "네가 생각이란 걸 한다면, 더 이상 아무 말도 하지 않게 될 거야."

거북이는 아무 말도 하지 않았다. 그리고 더는 달팽이에게 묻지 않기로 했다. 고슴도치 집 쪽인지 분명하지는 않았지만, 멀리서부터 요란한 소리가 들려왔다. 다들 지금 케이크를 자르고 있는 거야. 이제 맛을 보고 있어. 거북이가 생각했다. 지금이 최고로 재미있는 순간이겠지.

거북이는 깊은 한숨을 쉬고 돌아서서 달팽이를 바라보았다.

고슴도치의 소원

55

어쩌면 거북이는 혼자서라도 올지 몰라. 고슴도치는 생각했다.

거북이가 문을 두드리는 소리가 들렸다.

"누구세요?"

"나야. 거북이."

"들어와."

"초대장을 받았어, 고슴도치야. 달팽이와 내가."

"달팽이는 같이 안 왔어?"

거북이가 고개를 저으며 대답했다. "안 왔어. 내가 달팽이보다 너무 빨라서."

"뭐라고?"

그렇지만 거북이는 또다시 고개를 저었다. "어쨌든 그 녀석은 내

친구야."

"그럼 달팽이는 어디 있어?"

"어딘가 있을 거야. 날 기다리고 있어. 안부는 꼭 전해 달라고 했
어. 진심으로. 진짜야. 달팽이는 언제나 세심하거든."

고슴도치는 차를 끓였다.

그들은 오랫동안 말 없이 앉아 차를 마셨다.

거북이가 우울한 표정으로 찻잔 속을 바라보았다. "나는 너무 빨
랐어. 너무너무 빨랐지. 달팽이는 믿기지 않을 정도로 느림보야, 게
다가 계속계속 더 느려져."

거북이는 다시 말이 없었다. 하지만 잠시 후 목청을 가다듬더니
얼마 전엔 달팽이가 그를 번개에 비유했다고 말했다.

"너도 그렇게 생각하니? 내가 여기 쳐들어온 것처럼……. 그래,
걔 말이 맞아." 거북이는 헛기침을 하고 말을 이었다.

"내가 꼭, 비바람 치는 날씨 같대. 폭풍우. 달팽이는 나를 폭풍우
라고 부르곤 해. 등껍데기 폭풍우." 그는 고슴도치를 바라보며 감정
을 꾹꾹 눌렀다. "달팽이하고 같이 오고 싶었는데. 걔도 재밌게 놀
고 싶었을 거야……. 함께라면 우리 둘은 최고로 좋은 날씨 같았을
거야." 그는 깊이 숨을 들이마셨다. "그래, 우리는 영원한 친구야."

고슴도치는 그의 눈에 고이는 눈물을 보았다.

그들은 진짜 친구라는 생각이 들었다.

"달팽이에게 뭔가 갖다 주면 어때?" 고슴도치가 물었다. "뭐 맛있거나 그런 거?"

그렇지만 거북이는 고개를 저었다. "걔는 자기 자신만으로 만족해, 항상 그렇게 말하는걸."

"달팽이는 원하는 게 아무것도 없어?"

"멈춰 있는 거. 그걸 원해." 거북이가 말했다. "모든 것이 멈춰 있는 거. 내가, 모두가 그리고 이 세상이."

그들은 깊이 한숨을 쉬었다. 거북이는 생각했다. 끔찍하게도, 그런 일은 불가능 해. 고슴도치는 생각했다. 안타깝지만, 어쩌면 꼭 그렇지만은 않을지도 몰라.

"달팽이에게 돌아갈게." 거북이는 천천히 몸을 돌렸다. "날 기다리고 있지?" 거북이가 혼잣말을 했다. "지금 가고 있어. 난 네 친구잖아? 천천히 갈 수 없었어. 미안해……."

고슴도치는 현관에 서서, 거북이가 조심스럽게 덤불 속으로 들어가는 모습을 지켜보았다.

고슴도치는 집으로 들어갔다. 외로웠다.

56

어쩌면 편지를 좀 다르게 써야 할지도 몰라. 고슴도치는 생각했다.

보고 싶은 동물들에게

아마 너희는 조만간 우리 집에 오려고 했을 거야.

편하고 즐거운 시간을 보내고 싶어서.

아니면 지금까지 아무도 우리 집에 와 보지 않았기 때문에

궁금해서일 수도 있겠지.

우리 집에서 어땠는지 모두에게 이야기해 줄 수도 있을 테고.

그럴 계획이었다면 안 오는 게 좋겠어.

나는 누군갈 편하게 해 주지 못해.

내겐 가시가 있어.

무슨 이야기를 해야 하는지도 몰라.

춤을 추지도 못하고 노래도 못 불러.

내가 끓인 차는 내가 먹어도 맛이 없어.

그리고 찬장에 있는 케이크는 오래돼서 검게 변했어.

나는 내가 아무것도 아니라고 생각해.

나는 아무것도 아니야.

그러니 오지 마.

고슴도치가

하지만 그래도 그들은 오지 않을까? 나하고 있으면 편안하고, 내 가시는 아주 아름답다고 이야기해 주려고? 무슨 이야기를 해야 할지 안다고 말해 주려고? 팔을 벌려 나를 안아 주고, 나와 춤을 추고, 넘어져서 여기저기 피가 흘러도 춤을 잘 춘다는 말해 주려고?

춤도 정말 잘 추고, 심지어 노래도 잘 부르고, 차도 맛있게 끓인다고 말해 주려고? 오래된 케이크를 좋아할 뿐만 아니라, 내가 아무것도 아닌 건 절대 아니라고 이야기해 주려고? 내가 소중한 동물이라고 말해 주려고? 내가 뭔지 아직은 모르지만 곧 알게 될 거라고?

고슴도치는 그들이 자리에서 일어나는 것을 보았다. 그들은 작게 신음 소리를 내면서 고슴도치를 안아 주었다. 고슴도치가 그들의 가

　　　　　　　　　　　　　고슴도치의 소원

장 좋은 친구라고 말하면서, 두 번째로 좋은 친구에 대해서는 아무 말도 하지 않았다.

고슴도치는 창밖을 내다보았다. 안개는 걷히고 비가 내리고 있었다.

어쩌면, 사실은 아무도 오지 않길 바란다는 사실을 깨달으려고 누군갈 초대하려 했는지도 몰라. 고슴도치는 생각했다.

그는 창문 밖으로 머리를 내밀었다.

빗방울이 그의 목덜미에 떨어졌다. 가시 사이로 빗줄기가 이리저리 떨어지고 있었다.

고슴도치는 그렇게 오래도록 서 있었다.

57

밤이 되었다. 추웠다. 고슴도치는 침대에 누워 몸을 가능한 한 작게 웅크렸다. 그러나 몸이 따뜻해지지는 않았다.

밖에서 시끄러운 소리가 들렸다. 비가 내리나 보다, 아니면 폭풍인가?

하지만 폭풍도 비도 아니었다.

가까운 데서 나는 것 같았지만 무슨 소리인지 알 수 없었다.

그때 문이 활짝 열리고 무엇인가, 혹은 누군가가 안으로 들어왔다.

너무 어두워서 아무것도 알아볼 수 없었다.

"누구세요?" 겁이 난 고슴도치가 물었다.

"괴물이다." 목소리는 천장 가까이에서 들렸다. 괴물은 고슴도치가 아는 어떤 동물보다 큰 것 같았다.

"여기서 뭘 하세요?"

"방문." 괴물이 말했다. "방문 말고 뭐겠나?"

괴물은 점점 가까이 다가왔다. 그에게선 탁한 진흙과 더러운 풀 냄새가 났다.

"앉으세요." 고슴도치가 말했다. 괴물이 그 자리에 앉아 더 이상 가까이 오지 않기를 바랐기 때문이다.

그러나 괴물은 의자를 던져 버렸다.

"뭘 하시는 거죠?" 고슴도치가 물었다.

"방문. 네가 고슴도치인가?"

"네."

"그럼 여기 온 게 맞다."

괴물은 의자를 발로 차고 탁자를 조각내고 천장에 매달린 등을 쳤다.

아마 저기쯤 머리가 있을 거야. 아니면 다른 거라도.

괴물은 이어서 찬장을 집어 창밖으로 던져 버렸다.

"제발 나가 주세요."

"널 보러 왔다니까. 이제 막 들어왔는데."

"난 당신을 초대하지 않았어요……."

"아, 초대를 안 했다고?" 위협하는 듯한 목소리였다. "왜 안 했지?

전부 다 초대해도 괴물은 싫다는 건가? 아니면 내가 존재하지도 않는다고 생각하나? 속으론 그러길 바라나?"

"난 아무도 초대 안 했어요."

"아, 아무도 안 했다고? 아무도? 가끔 누군가 찾아와 주길 바라지 않나?"

고슴도치는 괴물에게서 가능한 멀리 떨어져 침대로 기어 들어갔다.

"바라요." 고슴도치가 대답했다. "누가 와 주길 바라요. 속으로 다른 생각을 한 적도 없어요."

괴물은 고슴도치에게로 몸을 숙이며 물었다.

"이야기 하나 해 줄까?"

"아뇨."

"그럼 하지 않겠다." 괴물이 으르렁거리고 이를 갈며 고슴도치를 거칠게 붙들었다.

"차 드시겠어요?"

순간 고슴도치는 자신이 들어 올려지는 걸 느꼈다. 쿵 하는 요란한 소리에 이어 더 이상 아무 소리도 듣지 못했다.

고슴도치의 소원

58

고슴도치는 침대 옆 바닥에 누워 있다 깨어났다.

나는 누구일까. ……모두는 누구일까, 그러니까 내 말은…….

고슴도치는 방을 둘러보았다. 모든 것이 언제나처럼 그대로였다. 말을 잘 듣네, 움직이지도 않고 조용히.

그는 팔꿈치로 몸을 일으켜 똑바로 앉았다. 그러고는 찬장으로 엉금엉금 기어가서 서랍에서 편지를 꺼내 찢어 버렸다.

아니야, 아무도 안 왔으면 좋겠어. 이젠 분명히 알아.

고슴도치는 빗자루를 들어 바닥을 쓸었다. 그리고 겨울을 나기 위해 모아 둔 것들을 확인하려고 찬장 안을 들여다보았다. 침대도 정리한 후 다시 탁자에 앉았다.

그는 팔을 베고 엎드렸다. 눈을 감고 잠시 그렇게 엎드려 있으려고 했다.

이제 아무것도 그를 방해할 수 없을 것 같았다.

그때 조심스럽게 문을 두드리는 소리가 들렸다.

고슴도치는 눈을 뜨고 일어났다. 누군가 문을 두드리고 있어. 아무도 초대하지 않았는데!

"나야, 다람쥐. 들어가도 돼?"

"왜?"

"몰라. 그냥. 여기 오면 너랑 즐거운 시간을 보낼 거 같아서."

고슴도치는 숨을 고르고 좌우를 둘러보다가 일어나서 문을 열었다.

다람쥐가 집으로 들어왔다.

"안녕, 고슴도치야."

"안녕, 다람쥐야."

"잠깐 들렀어."

그들은 아무 말도 하지 않았다. 그냥 마주 보며 탁자에 앉았다.

다람쥐는 고슴도치가 먹고 싶어 할 것 같아 너도밤나무 밤 꿀을 가져왔다.

"그렇구나." 고슴도치는 찬장에서 엉겅퀴 꿀을 꺼내 왔다. 특별한 날을 위해 보관해 온 꿀이었다. 그 특별한 날이 바로 지금이라고 고

　　　　　　　　　　　　　　고슴도치의 소원

슴도치는 생각했다.

그들은 차를 마셨고 꿀을 먹었으며 가끔 서로에게 고개를 끄덕였다.

그들은 오후가 그대로 멈추길 바랐다. 아니면 하늘소가 그날 오후의 일 초를 한 시간으로 바꾸고 하루를 일 년으로 늘려 주길 바랐다. 그리고 차와 꿀이 떨어지지 않기를 바랐다. 그들은 창문 밖이 어두워지는 것을 보았다. 눈이 내리기 시작하는 것도 보았다. 그들은 눈이 아주 오랫동안 내리길 바랐다. 눈 때문에 문이 열리지 않아 다람쥐가 겨우내 머물 수 있도록.

그런 일이 일어나도 그리 나쁠 것 같지 않았다. 다시 한 번 곰곰 생각해 보아도, 아무것도 나쁘게 여겨지진 않을 것 같았다.

그렇게 겨울이 시작되던 어느 날, 고슴도치에게 예상하지 못한 손님이 찾아왔다.

59

고슴도치는 잠을 잤다.

구석에 놓인 침대에서 담요를 돌돌 말고 누워 있었다. 꿈도 꾸지 않았다.

밖은 어두웠다.

폭풍이 쳤고, 눈이 내렸고, 얼음은 더 이상 단단해질 수 없을 정도였다.

추위를 데려온 폭풍은 집 안까지 휘몰아칠 것만 같았다. 마치 고슴도치의 집과 고슴도치까지 얼려 버리고, 눈으로 두텁게 덮어 버리고, 계속해서 모든 것을, 숲으로 돌진하는 구름 속까지, 어쩌면 이 세상 밖까지 날려 버리려는 것 같았다.

그러나 그런 일은 일어나지 않았다.

한밤중에 고슴도치는 잠에서 깼다. 폭풍은 절정에 달한 것 같았다. 고슴도치의 집 어딘가가 무너지는 듯 삐걱거리며 요란한 소리를 냈다. 그러나 고슴도치는 두렵지 않았다. 폭풍이 정말로 안까지 들어오면 내 가시를 세울 거야. 그러면 돌아가겠지. 비록 고슴도치는 버팀목의 의미는 몰랐지만, 그의 가시는 그에게 버팀목이 되어 줄 수 있었다.

고슴도치는 다시 담요 속으로 더 깊숙이 기어 들어갔다. 그리고 숲속, 황야, 바다 한가운데, 강바닥, 땅밑 그리고 하늘 높이 사는, 그가 아는 모든 동물들을 생각했다.

그들 모두 고슴도치가 초대하지 않은 것을 고마워하는 편지를 썼다. 그들 모두 고슴도치의 친구였다. 그리고 언제나 그의 친구로 남을 것이다. 서로를 초대할 필요도, 찾아갈 필요도 없었다.

오직 다람쥐의 편지만 달랐다. "정말 즐거웠어." 그리고 그 아래엔 "조만간 또 만나자!"라고 쓰여 있었다.

고슴도치는 눈을 감고 깊이 숨을 내쉬었다. 조만간 또 만나자……. 고슴도치가 알고 있는 가장 아름다운 말이었다.

이제 고슴도치는 잠이 들었고, 겨우내 깨지 않았다.

옮긴이 유동익

한국외대 네덜란드어과를 졸업하고, 네덜란드 레이던 대학교에서 법학과 언어학 학위를 받았다. 현재 네덜란드 가톨릭방송국 한국 특파원이며, 디지털조선에서 네덜란드어를 가르치면서 네덜란드 작품을 한국에 소개하고 있다. 옮긴 책으로 『꿈꾸는 카멜레온』, 『나이팅게일 목소리의 비밀』, 『스페흐트와 아들』, 『레닌그라드의 기적』 등이 있다.

그린이 김소라

대학에서 서양화를 전공하고, 대학원에서 그림책을 공부하고 있다. 출판과 광고 등 다양한 분야의 작업을 해 왔다. 그린 책으로 『있잖아, 누구씨』가 있다.

고슴도치의 소원

1판 1쇄 발행 2017년 2월 10일
1판 18쇄 발행 2023년 1월 27일

지은이 톤 텔레헌 **옮긴이** 유동익 **그린이** 김소라
펴낸이 김영곤 **펴낸곳** 아르테
디자인 김형균
출판마케팅영업본부 본부장 민안기
출판영업팀 최명열 김다운
제작팀 이영민 권경민

출판등록 2000년 5월 6일 제406-2003-061호
주소 (우 10881) 경기도 파주시 회동길 201(문발동)
대표전화 031-955-2100 **팩스** 031-955-2151

ISBN 978-89-509-6898-4 03890

아르테는 (주)북이십일의 문학 브랜드입니다.

(주)북이십일 경계를 허무는 콘텐츠 리더

아르테 채널에서 도서 정보와 다양한 영상자료, 이벤트를 만나세요!
페이스북 facebook.com/21arte **인스타그램** instagram.com/21_arte
포스트 post.naver.com/staubin **홈페이지** arte.book21.com